KB185401

맥베스

세계교양전집 37

맥베스

윌리엄 셰익스피어 지음

이현숙 옮김

올리버

윌리엄 셰익스피어William Shakespeare

• 차례 •

등장인물

세 마녀 운명의 자매들
덩컨 스코틀랜드의 왕
맬컴 덩컨 왕의 장남
도널베인 덩컨 왕의 차남

맥베스 글래미스의 영주
맥베스 부인
세이튼 맥베스의 시종
맥베스 휘하 세 명의 자객
시의侍醫 맥베스 부인의 담당 의사
시녀, 문지기 맥베스 부인을 모시는 두 인물

뱅쿼 맥베스와 함께 덩컨 왕의 군대를 지휘하는 장군
플리언스 뱅쿼의 아들

맥더프 스코틀랜드의 귀족
맥더프 부인
그들의 아들

레녹스, 로스, 앵거스, 맨티스, 케이스니스 스코틀랜드의 귀족들

시워드 잉글랜드군 사령관
시워드 청년 시워드의 아들

덩컨 왕의 군대 장교
노인
잉글랜드 궁정의 시의侍醫
헤카테
환영幻影 무장을 한 머리, 피투성이 아이, 머리에 왕관을 쓴 아이, 말 없는 여덟 왕
전령 세 명
하인 세 명
귀족 한 명
병사 한 명
시종들, 조리장給仕長, 하인들, 귀족들, 영주들, 병사들(모두 대사 없음)

제1막

· 제1장 ·

천둥과 번개. 세 마녀 등장.

마녀 1 우리 셋, 언제 다시 만날까?

    천둥 울릴 때, 번개 칠 때, 아니면 빗속에서?

마녀 2 이 혼란이 수습될 때,

    싸움의 승패가 가려질 때.

마녀 3 그럼 해 지기 전일 거야.   5

마녀 1 장소는 어디지?

마녀 2 황야.

마녀 3 거기에서 맥베스를 만날 거야.

마녀 1 가고 있어. 고양이야!*

---

* 원문에 나오는 'Grimalkin'이라는 이름의 고양이는 중세 유럽에서 '늙은 고양이'를 가리키는 말로, 흔히 마녀들의 영물(英物)로 여겨졌다.

마녀 2 두꺼비가 부른다.

마녀 3 곧 갈게.

모두 고운 것은 추하고, 추한 것은 곱다.

뿌연 안개와 악취 나는 공기 뚫고 가자.

(모두 퇴장)

· 제2장 ·

안에서 울리는 경종, 덩컨 왕과 맬컴, 도널베인, 레녹스,

시종들과 함께 등장,

피 흘리는 장교를 만난다.

덩컨 저 피투성이 남자는 누구냐?

　상태가 끔찍한 걸로 보아 반란군의 근황을

　말해 줄 수 있겠구나.

맬컴 바로 이 장교가

　제가 잡히지 않도록 강인한 병사답게   5

　싸워 주었습니다. — *어서 오게, 용사여!

　자네가 그 난동을 떠날 때 어땠는지

　아는 대로 왕께 말씀드려라.

장교 상황은 불확실해 보였습니다.

헤엄치던 두 사람이 힘이 쭉 빠져 서로 엉겨 붙고   10

제 기량을 발휘하지 못하듯이. 무자비한 맥돈왈드가

(역적이 될 만도 하죠.

악한 본성이 빚어낸 온갖 악덕이

그에게 득시글거리고 있었으니까.)** 서쪽의 여러 섬***에서

보병과 기병을 끌어모은 것도 모자라   15

운명의 여신도 그 간악한 싸움에 미소를 지으며

그 역적놈의 창녀가 된 것처럼 보였습니다. 하지만 어림없었죠.

왜냐하면 용맹한 맥베스가 (그 이름에 걸맞게)

운명을 무시하고, 핏빛 살육으로

연기처럼 피를 뿜는 칼을 휘두르며 용맹의 화신처럼   20

길을 뚫고 나아가

역적놈과 맞섰고

---

* (앞쪽) 셰익스피어의 대사에서 줄표(―)는 주로 두 가지 용도로 사용된다. 첫째는 한 인물이 독백 중 다른 인물에게 말을 건넬 때나 한 화자에서 다른 화자로 대화의 주체가 바뀔 때이고, 둘째는 대사의 흐름이 끊어지거나 전환되는 순간을 강조하기 위해서이다. 즉 대사의 전환점이나 청자의 변화를 시각적으로 나타내어 극적인 리듬과 감정을 강조하는 장치로 작용한다.

** 셰익스피어의 극에서 괄호[( )]는 주로 삽입구를 표시하는 데 사용된다. 이는 본 대사의 흐름과는 약간 분리되어 부연 설명이나 부가적인 정보를 제공한다. 〈맥베스〉에서 이 부분은 화자의 대사를 잠시 멈추게 하고, 그 순간에 대한 추가적인 평가나 상황 설명을 통해 감정의 여운을 남기거나 극적인 리듬을 형성하는 역할을 한다. 따라서, 괄호는 대사 속에서 상황을 설명하거나 서사를 보충하는 기법으로 사용되며, 극적 효과를 높이는 중요한 장치로 기능한다.

*** 서쪽의 여러 섬(Western Isles): 스코틀랜드의 헤브리디스제도.

악수나 작별의 인사도 없이

그놈을 배꼽에서 턱까지 단칼에 가르고

그자의 모가지를 성벽 위에 걸어 놓았으니까요.   25

덩컨 오, 용맹한 사촌이여! 참으로 고귀하도다!

장교 해가 떠오르는 곳에서

배를 뒤덮는 폭풍과 무시무시한 천둥이 몰려오듯,

안도감이

샘솟는 것 같은 곳에서   30

불안이 솟구치기 시작했습니다. 스코틀랜드의 왕이시여!

잘 들어 주소서. 정의가 용맹으로 무장하여

적군의 병사들을 달아나게 하자마자

기회를 엿보던 노르웨이 왕이

새로 무기를 정비하고, 신병들을 앞세워   35

다시 공격을 퍼붓기 시작했습니다.

덩컨 이 일로 우리 대장 맥베스와 뱅쿼가

두려워하지 않았느냐?

장교 네, 독수리가 참새를 보고, 사자가 토끼를 보고 겁먹지 않

는 것처럼요.

정확히 아뢰면, 두 분은 포탄을 두 배로   40

과도하게 장전한 대포처럼

적에게 곱절로 타격을 입혔습니다.

그분들이 적의 피바다에 몸을 담그려 하거나

또 하나의 골고다*를 만들려 한 게 아니라면

설명할 길이 없으나 —   45

이제 저는 기력이 없고, 제 상처들이 도와달라 울부짖습니다.

덩컨 그대의 상처에 걸맞은 보고로구나.

둘 다 명예롭도다. — 의사를 불러 줘라.

(장교, 시종들의 부축을 받으며 퇴장)

로스와 앵거스 등장.

누가 오고 있느냐?

맬컴 로스 영주입니다.   50

레녹스 눈빛에 급한 기색이 역력하군! 서두르는 모습을 보니

심상치 않은 소식을

전하러 온 듯합니다.

로스 국왕 폐하 만세!

덩컨 어디서 오셨소, 로스 영주?   55

로스 파이프에서 오는 길입니다, 폐하.

노르웨이 깃발이 하늘에 휘날리고

우리 군을 떨게 하는 전장에서 왔습니다.

---

* 골고다(Golgotha): '해골 곳'이라는 뜻을 가진 고대 팔레스타인 지역에 있는 언덕으로, 예수가 십자가에 못 박혀 죽은 장소로 알려져 있다.

노르웨이 왕이 몸소 대군을 이끌고

불충한 반역자, 코더 영주의 도움 받아   60

암울한 싸움을 시작했으나,

전쟁의 여신 벨로나의 신랑이 무적의 갑옷 두르고

적의 맞수가 되어 정면으로 맞섰고,

칼날과 칼날이 맞부딪치고, 반역자의 팔뚝과 팔뚝이 격렬하

게 충돌하여

적의 무절제한 기세를 꺾은 끝에, 마침내   65

아군이 승리하였습니다.

덩컨 경사로다!

로스 그리하여 이제

노르웨이 왕 스웨노가 화해를 청하고 있사오나,   70

우리는 그가 세인트 콤스 인치*에서

배상금 일만 달러를 지급하기 전에는

그의 죽은 병사들의 매장을 허락하지 않을 것입니다.

덩컨 코더 영주가 다시는 우리의 신뢰를

배반하지 못할 것이요. 명하노니,   75

그를 즉시 처형하라.

그리고 그의 칭호를 맥베스에게 내리도록 하라.

---

* 세인트 콤스 인치(Saint Colme's Inch): 스코틀랜드의 에든버러 인근 포스만(Firth of Forth)
에 있는 작은 섬으로, 오늘날 지명은 인치콤(Inchicomb)이다.

로스 분부대로 시행하겠습니다.

덩컨 그자가 잃은 것을 맥베스가 얻었노라.

(모두 퇴장)

· 제3장 ·

천둥. 세 마녀 등장.

마녀 1 넌 어디에 있었니?

마녀 2 돼지 잡고 있었지.

마녀 3 넌?

마녀 1 어느 뱃사람의 마누라가 밤을 무릎에 한가득 올려놓고는

쉴 새 없이 씹어 대고 있었어.   5

"나 좀 줘." 했더니

그 배불뚝이 여편네가 "썩 물러가라, 이 마녀야!" 하고 소리쳤지.

남편은 타이거 호 선장으로 지금 알레포*에 가 있어.

하지만 내가 체를 타고** 거기로 가서

---

* 알레포(Aleppo): 시리아 북서부에 있는 도시로, 예로부터 상업과 문화의 중심지였으며 유
럽과 아시아 간의 교역상의 요지.

** 체를 타고: 중세와 르네상스 시대에는 마녀들이 하늘을 나는 탈것이나 도구를 사용하여
여행한다고 믿었다.

꼬리 없는 쥐처럼   10

할 거야, 할 거야, 할 거야.

마녀 2 내가 바람 하나 줄게.

마녀 1 넌 정말 착해.

마녀 3 나도 하나 줄게.

마녀 1 그럼, 난 나머지 바람을 모두 조종할 수 있어.   15

그 바람이 불어오는 방향도 전부 알고 있지.

어느 항구와 구역으로 부는 바람인지도 다 알아.

선원의 지도 위에 나와 있거든.

그놈의 진을 홀딱 빼서 바싹 말린 풀처럼 만들어 버리겠어.

밤이건 낮이건 지붕 같은 눈꺼풀 위로   20

잠이 내려앉지 못할 거야.

저주받은 인간으로 살게 될 테고

지치고 고된 일곱 밤이 아홉의 아홉 배가 되는 동안*

앙상하게 야위고 시체처럼 파리해질 거야.

그놈의 배를 가라앉게 할 수는 없더라도   25

폭풍우에 휘말리게 될 거야.

이것 좀 봐.

마녀 2 보여 줘, 보여 줘.

마녀 1 자, 여기. 키잡이의 엄지손가락이야.

---

* 아홉의 아홉 배가 되는 동안: 81주 동안.

집으로 돌아오는 길에 난파당했어. (안에서 울리는 북소리)　　30

마녀 3 북소리다. 북소리!

맥베스가 온다.

모두 (셋이 원을 그리며 춤춘다.)

바다와 땅의 지배자,

운명의 자매들이 손에 손을 맞잡고

빙글빙글 돌아간다.　　35

네가 세 번, 내가 세 번

다시 세 번 더, 다 합쳐 아홉 번이네.

쉿, 주문이 완성되었어.

맥베스와 뱅쿼 등장.

맥베스 이렇게 더럽고 맑은 날은 처음 보겠네.

뱅쿼 포레스까지는 얼마나 남았소? — 저게 뭐야?　　40

삐쩍 마르고 옷차림이 너무도 기이하구나.

지상의 존재들 같진 않은데

땅 위에 서 있다니? — 살아 있는 건가? 아니면

인간의 말을 아는 존재들인가?

내 말이　　45

들리는 것 같군.

다들 동시에 터서 갈라진 손가락을

바싹 마른 입술에 갖다 대는 걸 보니. 여자일 것 같으면서도
수염이 달려서 여자라고 확신할 수도 없겠어.

맥베스 말할 수 있거든 말해 보아라. 너희들은 도대체 무엇이냐?　50

마녀 1 맥베스 만세! 글래미스 영주여!

마녀 2 맥베스 만세! 코더 영주여!

마녀 3 맥베스 만세! 장차 왕이 되실 분이여!

뱅쿼 장군, 참으로 듣기 좋은 말이거늘
왜 그리 놀라고 두려워하는 거요? ─ 진실로 묻건대,　55
당신들은 환영이냐? 아니면 정말로
눈에 보이는 그대로냐? 당신들이 나의 고귀한 동지에게
현재의 지위에 맞는 예를 갖춰 인사를 올리고,
고귀한 지위와 왕위에 대한 희망으로 맞이하는데,
그는 넋이 빠진 것 같네. 하지만 내게는 아무 말이 없군.　60
당신들이 시간의 씨앗을 들여다볼 수 있다면
어떤 씨앗이 자라나고 자라나지 않을지 예언할 수 있다면
그럼, 나에게도 말해 봐라. 당신들의 호의를 바라거나
증오를 두려워하지 않을 것이니.

마녀 1 만세!　65

마녀 2 만세!

마녀 3 만세!

마녀 1 맥베스보다는 작지만 더 위대하시다.

마녀 2 그리 행복하지는 않으나 훨씬 더 행복을 누리실 것이다.

마녀 3 왕이 되진 못하더라도 자손들은 왕이 되리라.　　　　　70

　　그러니, 맥베스와 뱅쿼 두 분 다 만세!

마녀 1 맥베스와 뱅쿼 두 분 다 만세!

맥베스 잠깐, 모호한 말만 늘어놓지 말고 더 분명히 말하라.

　　사이널의 죽음으로 내가 글래미스 영주가 된 것은 맞다.

　　하지만 코더는 어떻게 된 거지? 코더 영주는 여전히 살아 있고　　75

　　권세를 누리고 계시다. 게다가 왕이 된다는 것은

　　도저히 믿기 어려운 일이다.

　　코더 영주라는 말처럼 황당하다. 어서 말하라.

　　이 기이한 예언이 어디서 비롯된 것인지. 아니면 왜

　　이 메마른 황야에서 우리의 발길을 붙들고　　　　　　　80

　　이런 예언을 하는지 말하라. 명령이다.

　　　　　　　　　　　　　　　　　　(마녀들 사라진다)

뱅쿼 땅에도 물처럼 거품이 있다면

　　바로 이들이 그것이겠군. 어디로 사라졌을까?

맥베스 허공으로. 육신처럼 보이던 것이 녹아내렸소.

　　바람 속으로 사라지는 숨결처럼. 조금만 더 있었더라면!　　85

뱅쿼 우리가 말하는 이런 것들이 실제로 여기에 있었소?

　　아니면 우리 정신을 혼미하게 하는 독초라도 먹어서

　　이성이 사로잡히고 만 거요?

맥베스 장군의 자손들은 왕이 되리라.

뱅쿼 장군은 왕이 되리라.　　　　　　　　　　　　　90

맥베스 그리고 코더 영주가 되리라. 그리 말하지 않았소?

뱅쿼 정확히 그랬습니다. — 누가 왔소?

로스와 앵거스 등장.

로스 맥베스, 왕께서 장군의 승전보를 받아 들고

흡족해하셨소. 반란군과의 싸움에서

기백이 넘치는 장군의 분투에 관해 읽으실 때는   95

경탄과 칭찬이 혼란스러울 정도였소. 그것이

장군에 대한 것인지, 아니면 왕을 향한 것인지 말이오. 그러

고 나서 침묵하다가,

그날의 나머지 전과를 살펴보시는 중에

장군이 저 막강한 노르웨이 군대 대열에서

자기가 만든 기이한 죽음의 형상들을   100

전혀 두려워하지 않았음을 알게 되셨소. 우박처럼

쏟아져 들어온 전령들이 왕국을 지켜낸 장군의 위업에

입을 모아 칭송했고

폐하 앞에 찬사를 쏟아 냈소.

앵거스 왕께서 우리를 보내   105

감사의 뜻을 표하고

장군을 어전으로 모시라고 하셨습니다.

이것은 보상을 드리는 것은 아니오.

로스 그리고 더 큰 영예의 증거로

장군을 코더 영주로 칭하라 명하셨소.   110

이로써, 새로운 칭호로 맞이하겠습니다. 가장 명예로운 영주

여, 만세!

이제 그 칭호는 장군의 것입니다.

뱅쿼 뭐, 악마가 진실을 말할 수 있다는 것인가?

맥베스 코더 영주는 살아 있잖소. 어째서 내게

빌려 온 옷을 입히려는 거요?   115

앵거스 영주였던 자는 아직 살아 있지만

엄벌이 내려져 마땅히 잃어야 할 목숨을

부지하고 있소. 그가 노르웨이 세력과

결탁했는지,

아니면 반란군에게   120

비밀리에 도움을 주었는지, 혹은 두 가지 다 저질러서

나라를 파멸로 몰고 갔는지 난 모르오.

하지만 자백과 증거로 사형을 면치 못할 반역죄가 입증되어

몰락하고 말았소.

맥베스 (방백) 글래미스 영주와 코더 영주라!   125

이제 가장 큰 것만 남게 되었네.

(로스와 앵거스에게) 수고들 많았소.

(뱅쿼에게) 자손들이 왕이 되기를

바라지 않으시오?

내게 코더 영주를 준 자들이   130
장군 자손들에게도 같은 약속을 했으니 말이오.

뱅쿼 그 말을 다 믿다간
코더 영주뿐만 아니라 왕의 자리를
탐하려 들겠소. 하지만 이상한 일이오.
어둠의 하수인들은 우리를 해칠 의도로   135
이따금 진실을 말할 때가 있는데
사소하지만 진실해 보이는 것들로 우리를 끌어들여
마지막에 가서는 배반하니 말입니다.
두 분께 잠시 한 말씀만 하겠소.

                              (로스와 앵거스가 옆으로 물러선다)

맥베스 (방백) 두 가지 진실이 밝혀졌다.   140
왕위에 오르는 웅대한 극의
희망찬 서막처럼. ― 두 분께 감사하오.
(방백) 이 신비로운 유혹이
나쁠 리는 없겠지만, 그렇다고 좋을 수도 없다. 나쁜 것이라면
어째서 실제로 이루어진 예언을 시작으로   145
성공하리란 징조를 나에게 보여 주었는가? 난 코더 영주다.
만약 좋은 것이라면, 난 왜 이 유혹에 빠져드는 것인가?
그 끔찍한 형상이 머리칼을 쭈뼛 서게 하고
안정된 심장이 자연스러운 상태를 벗어나
갈비뼈를 세차게 두드리고 있다. 눈앞의 두려움은   150

끔찍한 상상에 비하면 아무것도 아니다.

이 생각, 내 마음속 살인은 그저 상상에 지나지 않건만

내 온전한 상태가 뒤흔들리고

이성이 근거 없는 추측에 가려져

실상 존재하는 것이 마치 비현실처럼 보이는구나.   155

뱅쿼 보시오, 내 동료가 넋을 잃었소.

맥베스 (방백) 왕이 될 운명이라면, 글쎄,

내가 손을 쓰지 않아도

왕위에 오르겠지.

뱅쿼 그에게 새로운 영예가 주어졌으니,   160

새 옷처럼 몸에 잘 안 맞을 거요.

자꾸 입어서 익숙해져야 하오.

맥베스 (방백) 무슨 일이 일어나든,

시간은 어떻게든 흘러가게 마련이다.

뱅쿼 장군, 모두 기다리고 있소.   165

맥베스 용서해 주시오. 제 둔한 머리가

잊고 있던 일들로 꽉 차 있었소. 여러분의 노고는

제 마음에 새기고

항상 기억하리다. 그럼, 폐하께로 갑시다.

(뱅쿼에게) 이번에 일어난 일을 잘 생각해 보시오.   170

그리고 시간이 좀 더 지나서,

그 사이에 곱씹어 본 뒤에

마음을 터놓고 얘기해 봅시다.

뱅쿼 그렇게 하죠.

맥베스 그럼, 오늘은 이 정도로 합시다. ─ 여러분, 갑시다.   175

(모두 퇴장)

· 제4장 ·

나팔 소리와 함께 덩컨 왕, 맬컴,

도널베인, 레녹스, 시종들 등장.

덩컨 코더는 처형되었느냐? 아니면

집행자들이 아직 돌아오지 않았느냐?

맬컴 폐하,

아직은 돌아오지 않았습니다만, 그가 죽는 장면을

목격한 자와 이야기를 나누었습니다. 그의 보고에 따르면,   5

자신이 역모를 꾀한 죄를 솔직하게 자백하고

폐하의 용서를 빌면서

깊이 뉘우쳤다고 하오며, 한평생 살아오면서

죽음을 맞이하는 모습이 잘 어울렸다고 합니다. 그는 마치

오랜 시간 죽음을 준비한 것처럼   10

가장 소중한 목숨을

대수롭지 않게 내버렸다고 합니다.

덩컨 얼굴만 보고

사람의 진심을 알아내는 기술은 없지.

그는 내가 절대적으로   15

신임했었던 사람이다.

맥베스, 뱅쿼, 로스, 앵거스 등장.

오, 가장 훌륭한 사촌이여,

은혜를 갚지 못한 죄가

지금 내 마음을 무겁게 하네. 그대의 공이 너무 커서,

보답에 제아무리 빠른 날개를 달아도   20

그대를 따라잡기엔 더디기만 하오.

차라리 공적이 덜 빛났더라면,

감사와 보답이 균형을 잃지 않을 터인데! 이제 내가 할 수 있

는 말은,

그 무엇으로도 다 갚을 수 없다는 것이오.

맥베스 제가 마땅히 다해야 할 봉사와 충성은   25

그것을 행하는 것만으로도 보상이 됩니다. 폐하의 역할은

우리의 충성과 봉사를 받아 주시는 것이고, 우리의 본분은

폐하의 왕권과 왕위를 위해, 나라의 자녀와 종복으로서

해야 할 모든 일을 다 하여

폐하의 사랑과 명예를 지키는 것입니다.   30

덩컨 잘 왔소.

이제 내가 그대라는 씨앗을 심었으니, 잘 자라도록

힘써 줄 것이오. ── 뱅쿼 장군,

그대도 마땅히 보답받아야 하며, 공로가 널리 알려져야 하네.

그러니 내 그대를 포옹하고   35

마음에 품겠네.

뱅쿼 그 속에서 제가 자라면

그 결실은 오롯이 폐하의 것입니다.

덩컨 가슴 속의 충만한 기쁨이

한껏 차올라 넘쳐흐르니 슬픔의 방울 속에   40

숨으려 하는구나. ── 아들들, 친족들, 영주들,

그리고 곁에서 짐을 모시는 측근들에게 말하노니,

과인은 이 자리에서

장자인 맬컴을

컴벌랜드 왕자*라 부르겠소. 다만, 이 영예는   45

한 사람에게만 돌아가는 것이 아니며

모든 공신에게

고귀한 영예의 상징을 별처럼 빛나게 할 것이오. ── 그럼, 인버

---

* 컴벌랜드 왕자(The Prince of Cumberland): 왕위가 세습되지 않는 스코틀랜드에서 왕위 계
승자가 왕이 살아 있을 때 지명되면 부여되는 칭호이다. 이 극에서 맬컴이 후계자로 지명되
었으나 아직 어렸기 때문에 맥베스가 왕위를 노리게 된 배경이 된다.

네스로 가서

우리의 결속을 더 강화합시다.

맥베스 폐하께서 더는 마음 쓰실 일 없도록   50

제가 직접 전령이 되어 제 아내에게

폐하의 행차를 알려 기쁘게 해 드리겠습니다.

이만 물러가옵니다.

덩컨 참으로 훌륭하오, 코더 영주!

맥베스 (방백) 컴벌랜드 왕자라! 내 길을 막아섰군.   55

이건 내가 걸려 넘어지거나, 아니면

넘어서야 할 단계다. 별들이여, 빛을 숨겨라.

내 검고 깊은 욕망이 드러나지 않게 해 다오.

눈은 손이 하는 일을 모른 척하되, 일이 끝나면

눈이 두려워할 그 일을 하게 하라.   60

(퇴장)

덩컨 뱅쿼 장군, 그는 실로 용맹하고 담대하오.

그에 대한 찬사로 내 마음이 든든하구려.

그게 내겐 진수성찬이오. ― 배려하는 마음에서

우리를 맞으려고 먼저 갔으니 그의 뒤를 따라가 봅시다.

그는 흠잡을 데 없이 훌륭한 친척이오.   65

(나팔 소리와 함께 모두 퇴장)

· 제5장 ·

맥베스 부인, 혼자 편지를 읽으며 등장.

맥베스 부인 (편지를 읽으며) 그들은 나를 승전의 날에 만났고,

난 가장 확실한 정보를 통해 그들에게 인간의 지식을 뛰어넘는

초자연적인 능력이 존재함을 알게 되었소.

더 물어보고 싶은 욕망이 불타올랐을 때

그들은 공기로 변해 그 속으로 흩어지듯 사라졌소.　　　　　　　5

그 놀라운 광경에 넋을 잃고 서 있었는데

왕의 사신이 와서 나를 '코더 영주'로 맞이했소.

앞서 이 칭호로 운명의 자매들이 나를 맞이했고,

나의 미래를 예언하며

"만세! 장차 왕이 되실 분이여!"라고 했소. 이 모든 것을,　　　　10

당신에게 전하고 싶었소. 내 가장 소중한 반려자여,

당신에게 어떤 권능이 약속되어 있는지 몰라서

기쁨을 누릴 권리를 잃지 않도록 말이오. 이 말을

마음에 새겨 두시오. 그럼, 이만.

당신은 글래미스 영주고, 코더 영주시니 약속받은 자리에도　　15

오르실 겁니다. 다만 당신의 성품이 염려됩니다.

가장 신속한 방법을 택하기에는

인정이 후하다 못해 흘러넘쳐요. 당신은 권세를 누리고 싶고,

야심이 없는 것도 아니지만,

그 일을 하는 데 따르는   20

냉혹함이 부족합니다. 간절히 열망하는 것을

고결하게 이루고자 하시겠지요. 술수를 부리고 싶진 않지만

부정한 방법으로 얻으려 하시네요. 위대한 글래미스 영주여,

진정 얻고자 한다면,

"얻고 싶거든 과감하게 행동하라."   25

이렇게 외치는 요구를 따르세요.

실행하기는 두렵지만 이대로 물러서고 싶지 않은

그 일을 감행하세요. 어서 서둘러 오세요.

그래야 당신 귀에 내 투지를 불어넣고

운명과 초자연의 힘이   30

당신 머리에 씌우려는 황금 왕관을

차지하지 못하게 방해하는 모든 장애물을

내 용감한 혀로 꾸짖어 쫓아 버릴 수 있습니다.

(전령 등장)

무슨 기별을 가져왔소?

전령 오늘 밤 폐하가 이곳에 오십니다.   35

맥베스 부인 뭔 정신 나간 소리냐!

네 주인이 폐하와 함께 계시지 않느냐? 그렇다면

준비하라고 알리셨을 것이다.

전령 황송하오나 사실입니다. 영주님도 오고 계십니다.

소인의 동료 하나가 주인님을 앞질러 와   40

거의 숨이 턱에 닿아서

간신히 이 소식만 전했습니다.

맥베스 부인 그를 잘 돌봐 주게나.

굉장한 소식이다.

                                                                    (전령 퇴장)

까마귀조차 목이 쉬도록   45

울부짖으며 내 성의 흉벽 아래 발을 들이는

덩컨의 운명을 알리고 있구나. 오너라, 정령들아.

인간의 생각을 지배하는 악령들이여, 내 여성성을 지워

머리부터 발끝까지를 극도의 잔인성으로

가득 채워 다오, 내 피를 탁하게 만들어라.   50

후회와 연민이 고개를 내밀 틈을 주지 말고

본성에 깃든 양심의 가책이 날 찾아와

내 잔혹한 목적을 흔들지 않도록, 결실을 보기 전에

마음이 약해지지 않도록. 이 여인의 가슴으로 와서

내 젖을 쓰디쓴 맛으로 바꾸어 다오, 악귀들아.   55

어디든 보이지 않는 몸으로

악을 섬기고 있는 것들이여. 오라, 어두운 밤이여!

지옥의 시커먼 연기로 네 몸을 휘감아

내 날카로운 칼이 낸 상처를 볼 수 없도록,

하늘이 어둠의 장막 사이로 엿보고   60

"멈춰라!"라고 외치지 못하도록.

맥베스 등장.

위대한 글래미스 영주님! 훌륭한 코더 영주님!

그리고 앞으로 모든 이의 환영을 받고 더 크게 되실 분!

당신의 편지가 나를

이 무지한 현재 너머로 데려가 이제는   65

미래가 이 순간에 와 있는 것처럼 느껴져요.

맥베스 오, 나의 사랑하는 아내여,

오늘 밤 덩컨 왕이 여기로 오신다오.

맥베스 부인 그럼, 언제 떠나신답니까?

맥베스 내일이오. 그리하시겠다고 하셨소.   70

맥베스 부인 오! 절대로

태양은 그 내일을 보지 못하리라!

영주님, 당신의 얼굴은 책과 같아서

사람들이 낯선 이야기를 읽을 수 있습니다. 세상을 속이려면,

상황에 맞는 얼굴을 하셔야 합니다. 환영의 뜻은 눈빛과   75

손짓과 혀에 담으세요.

순진한 꽃처럼 보이되,

그 밑에 뱀을 숨기세요. 오시는 분께는

잘 대접해 드려야죠. 그러니 오늘 밤의 중차대한 일은

제게 맡기세요.   80

이 일은 우리에게 모든 밤과 낮에

완전한 왕권 장악과 권력을 가져다줄 겁니다.

맥베스 나중에 더 의논해 봅시다.

맥베스 부인 그저 밝게만 보이세요.

낯빛을 바꾸는 건 두려워하고 있다는 겁니다.   85

나머지는 다 내게 맡기세요.

(모두 퇴장)

· 제6장 ·

오보에 소리와 횃불, 덩컨 왕과 맬컴,

도널베인, 뱅쿼, 레녹스, 맥더프, 로스, 앵거스, 그리고 시종들 등장.

덩컨 좋은 곳에 터를 잡은 성이로군. 공기가

상쾌하고 향기롭게 우리의 감각을

즐겁게 하는구려.

뱅쿼 여름이면 찾아와

사원에 둥지를 트는 제비가   5

이곳에 소중한 보금자리를 마련했으니, 여기서는 하늘의 숨결이

얼마나 달콤한지 증명하고 있습니다.

성의 돌출부나 벽 윗부분을 장식한 띠, 버팀벽,

하다못해 벽 모퉁이의 전망 좋은 구석조차 눈에 띄지 않는데도

잠자리와 새끼 칠 둥지를 매달아 놓았습니다.   10

소인이 관찰한바, 이 새의 번식처는

공기가 아주 상쾌합니다.

맥베스 부인 등장.

덩컨 보시오! 우리의 귀하신 안주인을! —

우리를 따라다니는 호의가 때로는 거북해도,

항상 고맙게 생각할 뿐이오. 과인이 하나 알려 드리자면,   15

그저 부인의 수고로움에 신께 축복을 구하고,

우리의 번거로움에 감사의 뜻을 표하는 겁니다.

맥베스 부인 저희의 봉사와 노력이

모든 일에 두 배로, 또 거기에 두 배가 더해진다고 한들

폐하께서 저희 가문에 베풀어 주신   20

깊고 넓은 영예와 견주기엔

빈약하고 사소하기 짝이 없사옵니다. 옛 지위에 더해

새로운 칭호를 내려 주시니

저희는 폐하를 섬기는 데 전념하겠습니다.

덩컨 코더 영주는 어디 있소?   25

우리는 먼저 물자를 조달하고자 그를 바짝 뒤쫓았으나

그는 바람을 타고 질주하듯 말을 몰아

우리를 앞질러 달려갔고, 박차와 같이 날카로운

그의 뜨거운 사랑이

우리보다 앞서   30

그의 집으로 재촉했구려.

맥베스 부인 폐하의 시종들은

폐하의 뜻에 따라 언제라도 시종의 하인과 시종 자신,

또 시종의 전 재산마저도

되돌려드릴 준비가 되어 있습니다.   35

덩컨 자, 손을 이리 주시오.

(그녀의 손을 잡으며)

과인을 성주에게 안내해 주시구려. 우리는 그를 대단히 아끼

고 있소.

앞으로도 과인은 변함없이 은총을 베풀 것이오.

그럼, 부인. 실례하오.

(모두 퇴장)

· 제7장 ·

오보에 소리. 횃불. 접시와 음식을 제공하는 급사장과

여러 시종이 무대를 지나간 후, 맥베스 등장.

맥베스 이 일을 끝냈을 때 그것으로 모든 것이 끝이라면

차라리 빨리 끝내는 편이 좋으리라. 만약에 이 암살이

나머지 모든 문제를 해결하고, 왕의 죽음으로

성공을 거둘 수만 있다면, 여기 이 한 번의 타격이

모든 것의 전부와 끝이 될 수 있으리라.   5

바로 여기, 여울지는 이 시간의 흐름 속에

내세는 던져 버릴 수도 있다.

그러나 이런 경우

여기 이승에서 심판받기 마련이어서

핏빛 선연한 살육극을 가르치면, 배운 자가 되돌아와   10

가르친 자를 괴롭히고, 공정한 정의가

우리의 독배를 직접 자기 입에

가져다 대라고 명한다. 그는 두 배로 나를 믿고 여기에 왔다.

첫째로 난 그의 친족이며 신하로서

그 행위를 강경히 반대해야 하고, 다음으로는 성의 주인으로서   15

그의 자객을 막지는 못할망정 스스로 그 칼을 쥐는 것은

생각할 수도 없는 일일 터. 더욱이 덩컨 왕은

무척이나 겸손하게 왕권을 행사하였고,

그 높은 지위에서도 마음이 맑고 깨끗하기에, 그의 덕행이

그를 제거하려는 저주에 맞서   20

천사처럼 나팔 같은 우렁찬 목소리로 변호할 것이다.

그리고 연민은, 거센 바람을 맞으며 두 발 벌리고 서 있는

벌거벗은 갓난아기처럼, 혹은 형체 없는 바람의 말에 올라탄

하늘의 천사처럼, 이 끔찍한 행위를 모두의 눈에 드러나게 하여

눈물이 바람마저 잠재우게 하리라. 나에게는 없다.   25

내 의도의 옆구리를 찔러 속도를 가하는 박차가.

단지 솟구쳐 오르는 야심뿐이거늘, 너무 날뛰는 통에

건너편에 나가떨어지고 —

(맥베스 부인 등장)

아니, 무슨 일이오?

맥베스 부인 이제 식사가 거의 끝나 가요.   30

왜 방을 나갔어요?

맥베스 왕이 날 찾으셨소?

맥베스 부인 그걸 몰랐어요?

맥베스 이 일을 더는 밀고 나가지 맙시다.

왕은 최근 내게 영예를 내리셨고   35

온갖 사람들에게서 금빛 찬사가 쏟아졌소.

지금은 그 새로운 광휘를 입고 있을 때요.

이렇게 빨리 벗어던지고 싶지 않소.

맥베스 부인 당신이 입고 있던 그 희망은

술에 취했나요? 그 후로 잠들어 있었나요?   40

이제 그 희망이 깨어나 그토록 쉽게 해치우려던 일 앞에서

겁에 질려 창백한 얼굴을 하고 있나요? 지금부터

당신의 사랑도 그렇다고 생각할게요. 욕망하는 만큼

실행하고 용기 있게

나서는 게 두렵나요? 인생의 가장 큰 선물로   45

여기는 것을 갖고 싶어 하면서

스스로 겁쟁이로 살고 싶으신가요?

옛 속담에 나오는 딱한 고양이처럼*

"하고 싶은데." 하면서 "못 하겠다." 하실 건가요?

맥베스 제발 그만하오.   50

남자로서 해야 할 일이라면 뭐든 할 수 있소.

도리를 벗어난 자는 남자가 아니오.

맥베스 부인 그럼,

내게 이 계획을 처음 알렸을 때는

무슨 짐승이었나요?   55

이 일을 감행하려고 했을 때 당신은 남자였어요.

더 큰일을 해내려면

훨씬 더 큰 남자가 되어야 해요. 시간과 장소가

안 맞았을 때는 두 가지를 맞추려고 했는데

저절로 맞춰지니   60

되레 그게 당신을 주저하게 하는군요. 난 젖을 물려 봐서

내 젖을 빠는 아기가 얼마나 사랑스러운지 알아요.

---

* 옛 속담에 나오는 딱한 고양이처럼: 당시 흔히 쓰이던 속담으로 "고양이가 물에 발을 담그지 않고 물고기를 먹고 싶어 한다."는 것이 있다.

나라면 아기가 내 앞에서 세상 천진한 미소를 짓고 있어도

아이의 이 없는 잇몸에서 젖꼭지를 확 뽑고

머리통을 부수었을 거예요. 내가 당신처럼   65

이 일을 하겠다고

맹세했다면.

맥베스 만약 우리가 실패하면 —

맥베스 부인 우리가 실패한다고요?

용기를 꽉 붙들고 결심을 굳히세요.   70

그럼, 실패하지 않아요. 덩컨 왕이 잠들면

(종일 힘든 여행을 했으니 곤히 잠들겠죠.) 그의 두 시종을

술판을 벌여서 고주망태가 되게 할게요.

그러면 두뇌의 파수꾼인 기억은

연기처럼 희미해질 것이고, 이성을 담은 그릇은   75

기껏해야 증류기에 불과할 테죠. 술에 절어

그 사내들이 돼지처럼 잠에 푹 빠져

죽은 듯이 누워 있을 때

무방비 상태인 덩컨 왕에게 당신과 내가

못 할 일이 뭐가 있겠어요? 우리의 대역죄를   80

술에 곯아떨어진 시종들에게

뒤집어씌우면 어떨까요?

맥베스 사내아이만 낳으시오,

당신의 대담무쌍한 기질은

사내아이밖에 가질 수 없을 테니. 그 잠든 두 시종에게   85
피를 묻히고 그들의 단검을 사용하면
그자들이 저지른 짓으로
받아들이지 않겠소?

맥베스 부인 누가 감히 달리 받아들이겠어요?
우리가 왕의 죽음에 비통함을 가누지 못하고   90
서럽게 울부짖으면.

맥베스 결심을 굳혔소. 이 두려운 일에
모든 힘을 쏟겠소.
자, 가장 고운 모습으로 지금 상황을
멋지게 꾸미고, 마음속 본심은   95
가짜 얼굴로 숨깁시다.

(모두 퇴장)

제2막

· 제1장 ·

뱅쿼와 그의 앞에서 횃불을 든 플리언스 등장.

뱅쿼 애야, 밤이 얼마나 깊었니?

플리언스 달은 졌습니다. 그런데 시간을 알리는 소리는 듣지 못했
   습니다.

뱅쿼 달은 열두 시에 진다.

플리언스 열두 시는 넘긴 것 같습니다.

뱅쿼 자, 내 검을 받아라. (그의 검을 플리언스에게 준다.)   5
   하늘도 빛을 아끼는가 보다.
   별빛이 다 꺼졌구나. ─ 이것도 받아라.
   눈꺼풀이 납덩이처럼 무겁지만,
   잠들고 싶지 않구나. 자비로우신 신들이여!
   잠들면 고개 드는 저주받을 생각들을   10
   억제해 주소서!

맥베스와 횃불을 든 시종 등장.

내 검을 이리 다오. — 거기,

누구냐?

맥베스 친구요.

뱅쿼 장군, 어찌 아직도 안 주무셨소? 폐하께서는 이미 자리에

드셨소.   15

대단히 즐거우셨던 모양이오.

이 댁에 후한 선물을 내리셨다오.

이 다이아몬드는 부인께 내리신 선물로

가장 친절한 안주인이라는 칭송을 아끼지 않으셨고,

무한한 만족감을 표현하셨소.   20

(그가 맥베스에게 보석을 건넨다.)

맥베스 준비 없이 맞아서

마음만큼 대접해 드리지 못했소. 그렇지 않았으면

더 잘 모실 수 있었을 텐데.

뱅쿼 다 좋았소이다.

어젯밤 꿈에 운명의 자매가 나왔소.   25

장군에게는 예언이 일부 들어맞지 않았소.

맥베스 난 마녀들 생각은

안 하오.

그래도 기회가 될 때

시간을 내주신다면,   30

장군과 그 일에 대해

이야기해 보고 싶소이다.

뱅쿼 편한 시간에 언제든 말씀해 주시오.

맥베스 저와 뜻을 같이하신다면, 그때가 되면,

큰 영예를 얻을 것이오.   35

뱅쿼 영예를 드높이려

노력하더라도 잃을 것이 없고, 자유로운 마음으로

내 충성심을 지킬 수만 있다면

의견을 따르겠소.

맥베스 그럼, 편히 쉬시오!   40

뱅쿼 고맙소. 장군도 편히 쉬시오.

(뱅쿼와 플리언스 퇴장)

맥베스 마님께 말씀드려라. 술상이 준비되면

종을 울리시라고. 이제 물러가 자라.

(시종 퇴장)

내 눈앞에 보이는 이것이 단검인가,

칼자루가 내 손을 향하고 있는 이것이? 오라, 너를   45

내 손에 쥐게 해 다오.

손에 잡히진 않지만, 여전히 보인다.

치명적인 환상이여, 넌 볼 수 있듯

만질 수도 있는 것이냐? 아니면 넌 그저 마음의 단검이고,

열에 들뜬 뇌가 만든   50
허상일 뿐인가?
아직도 보인다. 손에 만져질 듯 또렷한 형태로
지금 내가 뽑는 이 검처럼.   (그가 단검을 뽑아 든다.)
넌 내가 가던 방향으로 안내하려는 것이구나.
바로 내가 쓰려고 했던 그 무기 —   55
눈이 나를 속이고 있는 것인가,
아니면 더 믿을 만한 것인가? 아직도 보인다.
검의 날과 자루에 맺힌 핏방울도.
조금 전까지는 보이지 않았는데. 그런 건 없다.
그 피비린내 나는 흉계가 내 눈에   60
이렇게 보여 주는 거야. 지금 세상의 절반은
천지 만물이 죽은 듯 고요하고 악몽은
깊은 잠을 어지럽힌다. 마녀가 주술을 걸어
헤카테*에게 바칠 제물을 올리고, 움츠러들었던 살인귀가
파수꾼 늑대의 울음소리에 다시 깨어나   65
은밀한 걸음으로,
타르퀸**의 그 황홀한 발걸음으로
살인 놀이를 하러

* 헤카테(Hecate): 지옥과 마법의 여신.
** 타르퀸(Tarquin): 로마의 마지막 왕 루키우스 타르퀴니우스 수페르부스와 그 아들들의
이름. 셰익스피어의 시 〈루크리스의 강간〉에서 루크리스를 욕보이는 인물로 등장함.

유령처럼 움직인다. 굳고 단단한 대지여,

내 발걸음이 어디로 향하든 듣지 마라.　　　　　　　　　70

돌들이 내가 어디쯤 있는지 재잘거려

이 시각에 딱 맞는 공포의 순간이

사라지면 안 되니까. — 내가 위협하는 동안에도 그는 여전히

살아 있다.

말이란 실행의 열의를 식게 하는 냉기에 지나지 않는다.

　　　　　　　　　　　　　　　　　　　　　(종이 울린다.)

가자, 그러면 모든 일이 끝난다. 종소리가 날 부르네.　　　75

덩컨 왕이여, 저 소리를 듣지 마시오. 이것은 그대를

천국 아니면 지옥으로 부르는 조종弔鐘이오.

　　　　　　　　　　　　　　　　　　　　　(퇴장)

· 제2장 ·

맥베스 부인 등장.

맥베스 부인 저들을 취하게 만든 이 술이

나를 대담하게 만들었다.

저들을 잠재운 것이 내게는 불을 붙였어.

저 소리! — 쉿!

올빼미가 울었어. 죽음을 알리는 종지기처럼   5
가혹한 작별 인사를 건네는구나. 이제 일이 시작되었다.
문이 열려 있고, 취해 곯아떨어진 시종들이
코를 골며 자기들의 임무를 비웃고 있다.
술에 약을 탔더니
죽음과 생명이 힘겨루기 하고 있네.   10
저놈들을 살릴까 죽일까?

맥베스 (안에서) 거기 누구냐? 여봐라!

맥베스 부인 아아, 그들이 깨어나 이 일을
끝내지 못하면 어쩌지! 시도만으로는 안 돼.
행동으로 마무리를 지어야 해. 저 소리! ─ 그자들의 칼을 놔
뒀으니   15
못 볼 리 없을 거야. 왕의 잠든 모습이
아버지를 닮지만 않았어도 내가 해치웠으련만.

맥베스, 피 묻은 칼을 들고 등장.

여보?

맥베스 끝냈소. 무슨 소리 안 들렸소?

맥베스 부인 올빼미의 비명과 귀뚜라미의 울음소리였어요.   20
말하지 않았어요?

맥베스 언제?

맥베스 부인 방금.

맥베스 내려올 때?

맥베스 부인 네.   25

맥베스 저 소린! — 두 번째 방에 누가 자고 있소?

맥베스 부인 도널베인.

맥베스 이건 정말 비참한 광경이오.

맥베스 부인 비참하다고 말하다니, 바보 같은 소리예요.

맥베스 한 명은 자면서 웃었고, 또 한 명은   30

"살인이야!" 외쳤소.

그러고는 둘 다 깼소. 난 서서

둘이 하는 말을 들었지.

하지만 기도하더니

다시 잠들었소.   35

맥베스 부인 둘이 같은 방에서 묵어요.

맥베스 한 사람이 "우리를 축복하소서!" 하자 또 한 사람이 "아

멘."을 외쳤소.

이 피 묻은 손을 보기라도 한 듯이.

난 그들의 겁에 질린 목소리를 들으면서

"우리를 축복하소서."에 "아멘."이라는 말이 나오지 않았소.   40

맥베스 부인 너무 깊이 생각 말아요.

맥베스 그런데 왜 내 입에서 '아멘'이 나오지 않았을까?

축복을 절실히 바랐는데 '아멘'이

목구멍에 걸리고 말았소.

맥베스 부인 이런 일은 그런 식으로   45

생각해서는 안 돼요. 그러다간, 우리 미쳐요.

맥베스 이렇게 외치는 소릴 들은 것 같소. "잠들지 못하리라.

맥베스가 잠을 죽였다." — 순수한 잠,

얼기설기 얽힌 근심의 엉킨 실을 풀어 다시 감아 주는 잠,

하루가 마무리되는 순간, 고된 노동의 피로를 씻어 주는 목욕,   50

다친 마음의 진통제, 자연이 베푸는 삶의 두 번째 회복의 장,

이 삶의 향연에서 가장 중요한 양식 —

맥베스 부인 무슨 소리예요?

맥베스 계속해서 "잠들지 못하리라." 온 집안에 울려 퍼졌소.

"글래미스 영주가 잠을 죽여 버렸으니,   55

코더 영주는

더는 잠들지 못하리라!"

맥베스 부인 도대체 누가 그렇게 외쳤다는 말씀이에요? 왜, 훌륭

하신 영주님,

그런 미친 생각에 빠져

귀한 힘을 허비하세요? 가서 물이나 좀 가져와요.   60

이 더러운 증거를 손에서 씻어 내게. —

이 단검은 왜 여기로 가져오셨어요?

이 칼은 거기에 있어야 해요. 도로 가져가서

잠든 시종들에게 피를 칠해 놓으세요.

맥베스 못 가오.   65

그 내가 한 일을 생각조차 할 수 없을 만큼 두렵소.

다시 쳐다볼 용기도 없소.

맥베스 부인 의지가 이렇게 약해서야!

그 단검 이리 주세요. 잠든 사람이나 죽은 사람이나

그림과 다를 바 없어요. 어린애나 그림 속 악마를   70

무서워하지요. 그가 피 흘리고 있으면

시종들의 얼굴에 발라 줄 거예요.

그들이 저지른 짓처럼 보여야 하니까.

(맥베스 부인, 단검을 들고 퇴장. 안에서 문 두드리는 소리)

맥베스 어디서 들리는 거지,

어디서 두드리는 소리지?   75

왜 이럴까, 소리만 들려도 질겁을 하니!

이 손은 뭐지? 하, 손이 내 눈을 뽑아 버리는구나.

저 위대한 바다의 신 넵튠의 대양*이 다 씻어 낼 수 있을까,

내 손에 묻은 이 피를? 아니, 내 손이 오히려

무량무변의 바다를 핏빛으로 물들여   80

푸른 물을 붉게 하리라.

---

* 넵튠의 대양: 이 대사에서 넵튠(Neptune)은 로마 신화에 나오는 바다의 신 넵투누스의 영어식 이름이며, 넵튠의 대양은 넵튠이 지배하는 바다를 뜻한다.

맥베스 부인 등장.

맥베스 부인 제 손도 당신과 같은 색깔이에요. 하지만 부끄럽게도

마음은 하얗게 질려 있지 않아요.　　　　　（문 두드리는 소리）

남쪽 입구에서

문 두드리는 소리가 들려요. 우리 방으로 돌아가요.　　　　85

물만 조금 있으면 이 죄는 지워질 거예요.

그럼, 이건 일도 아니죠! 지조 높은 성품 탓에

마음이 흔들렸던 거예요.　　　　　（문 두드리는 소리）

쉿, 또 두드리는 소리가 들려요.

잠옷을 걸쳐요. 혹시라도 일이 생겨 불려 나오더라도　　　　90

안 잔 것처럼 보이면 안 되니까. 그렇게 형편없이

생각에만 빠져 있지 말고요.

맥베스 내가 한 짓을 깨닫느니 차라리 내가 누군지 모르는 게 낫

겠소.　　　　　（문 두드리는 소리）

덩컨이나 두드려 깨워라.

그럴 수만 있다면!　　　　95

　　　　　（모두 퇴장）

제3장

안에서 문 두드리는 소리. 문지기 등장.

문지기 이거 참, 끝도 없이 두드리네! 지옥문을 지키는 문지기라면
열쇠 돌리다가 세월 다 가겠다. (두드리는 소리)
그래, 두드려라, 두드려! 바알세불*의 이름으로 묻겠다.
누구냐? 음, 풍작을 기대하다가
목매 죽은 농부가 오셨구나. 마침 잘 왔네.   5
수건이나 넉넉히 챙기게. 여기선 땀깨나 흘릴 테니.
(두드리는 소리) 두드려라, 두드려. 또 다른 악마의 이름으로
묻노니, 누구냐? 옳거니, 양쪽에 한 발씩 걸치고 한 입으로
두말하는 양반께서 오셨네. 신의 이름 걸고 반역죄를 지었으나
하늘에 그 죄를 숨길 수는 없으셨군. 아! 들어오시게,   10
변덕 심한 양반. (두드리는 소리) 두드려라, 두드려! 누구냐?
옳거니, 영국 양복장이로군. 프랑스풍 바지에서
옷감을 속인 죄로 여기에 오셨군. 잘 왔소, 양복장이 양반,
다리미를 달구기 딱 좋은 불이 있다네.
(두드리는 소리) 두드려라, 두드려라.   15
쉴 틈을 안 주네. — 대체 누구냐? — 하지만 여긴 지옥치고는

---

* 바알세불(Beelzebub): '벨제붑'이라고도 함. 악마의 대장이나 지옥의 군주로 묘사됨.

너무 춥단 말이야. 지옥의 문지기 노릇은 그만해야겠군.
꽃길 따라 영겁의 지옥 불로 들어가는
온갖 직종의 사람들을 맞아 줄 생각이었는데. (두드리는 소리)
금방 가요!   20

문지기가 문을 연다. 맥더프와 레녹스 등장.

문지기가 있다는 걸 잊지 말아 주십시오.
맥더프 이보게, 얼마나 늦게 잠들었기에
지금까지 잠자리에 있었던 건가?
문지기 솔직히 말씀드리면, 두 번째 닭이 울 때까지 술을 진탕 마
셨습죠, 나리.
술은 크게 세 가지를   25
유발한답니다.
맥더프 그래, 술이 유발하는 세 가지라는 게
무엇이냐?
문지기 아, 나리, 그건 코끝이 빨개진 코와 졸음과 오줌입죠.
색욕은, 그것이 불러일으키기도 하고 없애기도 합니다.   30
욕정은 일으키되, 성적 능력을 빼앗거든요.
그러니 술이 색욕을 가지고 노는 거지요.
욕정을 발동시켰다가 가라앉히고,
뜨겁게 불을 지폈다가 꺼 버리고,

기를 살려 주었다가 죽이고, 세웠다가   35
축 늘어지게 하죠. 결국, 애매하게
정신 못 차리게 해서 잠들게 한 뒤
떠나 버린답니다.

맥더프 간밤에 술이란 녀석이 자네 정신을 쏙 빼놓았나 보군.

문지기 그렇습니다, 나리. 목덜미가 붙들려 쓰러질 지경이었지요.
하지만   40
제가 응징했습니다. 제 생각에, 제가 그놈보다는 힘이 세서
놈한테 다리가 붙들리긴 했습니다만, 결국에는
그놈을 자빠트릴 수 있었습니다.

맥더프 주인어른은 일어나셨나?

맥베스 등장.

우리가 문 두드리는 소리에 깨셨나 보군. 저기 오신다.   45

(문지기 퇴장)

레녹스 안녕히 주무셨습니까, 영주님.

맥베스 두 분도 안녕하시오!

맥더프 폐하께서도 일어나셨습니까?

맥베스 아직은 아니오.

맥더프 아침에 일찍 깨우러 오라는 분부가 있으셨는데,   50
하마터면 늦을 뻔했습니다.

맥베스 두 분을 안내해 드리겠소.

맥더프 이런 일이 기쁜 일인 줄은 압니다만

그래도 수고로운 일임은 틀림없습니다.

맥베스 즐거운 수고는 힘듦을 잊게 하지요.   55

이 문입니다.

맥더프 감히 깨워 드리겠습니다,

제게 주어진 임무니까요.   (맥더프 퇴장)

레녹스 폐하께서는 오늘 떠나십니까?

맥베스 그렇소. 그렇게 정하셨습니다.   60

레녹스 간밤엔 어수선했소. 우리가 묵었던 곳에서는

굴뚝이 날아갔고, 사람들 말로는,

허공에서 울부짖는 소리에 기괴한 죽음의 비명이

들렸다고 하오. 비통한 시기에

새롭게 일어날   65

끔찍한 변란과 혼란스러운 사건들을

무서운 어조로 예언했다고 합니다.

올빼미가 밤새 울었고, 땅이 열병에 걸린 듯이

흔들렸다는 말도 돌았습니다.

맥베스 사나운 밤이었구려.   70

레녹스 기억할 수 있는 한,

그 어떤 것과도 비교할 수 없는 밤이었소.

맥더프 등장.

맥더프 아, 끔찍한 일이다. 끔찍한 일이야. 정말 끔찍한 일이다!

입 밖에 꺼낼 수도, 생각조차 할 수도 없는 끔찍한 일이로다.

맥베스/레녹스 대체 무슨 일이오?   75

맥더프 이제, 혼란이 최고의 걸작을 완성했소!

신성을 더럽히는 살인이 주님의 기름 부음을 받은

신전을 부수고 그곳의 생명을

훔쳐 갔소이다!

맥베스 무슨 소리요? 생명이라니?   80

레녹스 설마, 폐하 말씀이오?

맥더프 침소로 다가가면 두 분 눈이 멀 거요,

새 고르곤을 본 것처럼. 내게 묻지 마오.

두 눈으로 직접 보고 말씀하시오.

(맥베스와 레녹스 퇴장)

일어나라! 모두 일어나라!   85

경종을 울려라. 살인이다, 반역이다!

뱅쿼! 도널베인! 맬컴! 일어나시오.

죽음을 가장하는 부드러운 잠은 털어 버리고

진짜 죽음을 똑바로 보시오. 일어나시오! 일어나서 보시오!

마지막 심판의 모습을! 맬컴! 뱅쿼!   90

무덤에서 일어나듯 일어나 영혼처럼 걸어 나와

이 공포를 마주하시오. ─ 경종을 울려라.

(경종을 울린다.)

맥베스 부인 등장.

맥베스 부인 무슨 일이기에

섬뜩한 나팔 소리로 온 성안 사람들을 깨워

모이게 하는 건가요? 말씀해 보세요!   95

맥더프 아, 부인.

부인께서는 제 말을 들을 필요가 없으십니다.

반복해서 들으면 여성이 견디기에는

너무 충격적이라 기절해 죽어 버릴 겁니다.

뱅쿼 등장.

오, 뱅쿼! 뱅쿼!   100

폐하께서 살해당하셨소!

맥베스 부인 아이고, 슬프도다!

이 집에서 무슨 변고란 말인가!

뱅쿼 어디에서건 잔혹한 일이오. ─

맥더프, 제발 그 말을 부인하고   105

사실이 아니라고 말해 주오.

맥베스, 래녹스, 로스 등장.

맥베스 이 참변이 있기 전, 한 시간 전에만 죽었어도
나는 복된 삶을 살았을 거요. 지금, 이 순간부터
인생에서 진정한 의미는 사라져 버렸다.
모든 것은 부질없는 것들뿐, 명예와 은총은 죽었소.   110
인생의 포도주는 다 없어지고 남은 자랑거리라곤
찌꺼기뿐이로다.

맬컴과 도널베인 등장.

도널베인 무엇이 잘못되었습니까?
맥베스 이 일을, 아직 모르고 있군요.
두 분 혈통의 샘물이, 근본이, 원천이   115
끊어졌소. 바로 그 모든 원류가 막혀 버렸소.
맥더프 부왕께서 살해되셨습니다.
맬컴 오! 대체 누가?
레녹스 폐하의 침소에 있던 자들이 저지른 짓인 것 같습니다.
손과 얼굴에 핏자국이 훈장처럼 남아 있었는데,   120
단검도 마찬가지였습니다. 닦지도 않고 베개 위에 올려 둔 걸
우리가 찾아냈습니다. 놈들은 멍하니 쳐다보고만 있었습니다.
그놈들 손에 사람의 생명을 맡기지 말았어야 했습니다.

맥베스 오! 하지만 분노가 치받아 놈들을 죽인 건

후회되는구려.　　　　　　　　　　　　　　　　　　　125

맥더프 왜 그렇게 하셨소?

맥베스 누가 기겁을 하고서도 신중하며, 격분에 휩싸여서도 절도

를 지키고,

충성을 맹세한 후에도 공평무사할 수 있겠소? 아무도 없지요.

내 지독한 충정이 이성의 힘을

뛰어넘었소. 여기에 덩컨 왕께서 누워 계셨소.　　　　　　130

은빛 피부에 황금빛의 고귀한 피가 흘러내리고

깊이 벤 상처들은 파멸이 난입하는 통로처럼

크게 벌어져 있었소. 저기에 살인자들이

피를 뒤집어쓰고 있었고, 그들의 단검은

피범벅이 되어 있었소. 마음에 충정이 가득하고　　　　　135

그 마음을 보일 용기를 가진 자라면

어떻게 참을 수 있겠소?

맥베스 부인 아, 날 좀 부축해 주세요!

맥더프 부인을 모셔라.

맬컴 (도널베인에게 방백) 왜 우리가　　　　　　　　　　　140

입을 다물고 있는 거지?

누구보다 우리에게 가장 중요한 일인데?

도널베인 (맬컴에게 방백) 무슨 말을 하겠어요? 여기선 우리의 운명이

송곳 구멍에 숨어 있다가 느닷없이 우릴 덮칠 수도 있습니다.

서둘러 떠나야 해요. 아직은 눈물을 흘릴 때가 아니에요.   145

맬컴 (도널베인에게 방백) 큰 슬픔에 잠긴들 상황을 바꿀 수도 없

겠지.

뱅쿼 부인을 모셔라.

(맥베스 부인, 부축을 받으며 나간다.)

그리고 노출되어 보호받지 못하는 우리 맨몸을

옷으로 가린 뒤에 다시 만나

참혹하기 그지없는 이번 시해 사건을 조사하여   150

더 알아봅시다. 두려움과 의심이 우릴 흔들어 놓더라도

나는 신의 거룩한 손에 나를 맡기고,

숨겨진 반역의 음모와 악의에 맞서

싸우겠소.

맥더프 나도 싸우겠소.   155

모두 우리 모두 싸우겠소.

맥베스 그럼, 빨리 남자답게 용기와 결단력을 갖추고

큰 방에서 다 함께 만납시다.

모두 좋소.

(맬컴과 도널베인만 남고 모두 퇴장)

맬컴 넌 어떻게 하겠느냐? 저들과 어울리지는 말자.   160

마음에도 없으면서 슬픔을 보이는 건

거짓된 자들에게는 쉬운 일이니까. 난 잉글랜드로 가겠다.

도널베인 저는 아일랜드로 가겠습니다. 서로 떨어져 있는 것이

더 안전할 거예요. 우리가 있는 곳엔

미소 속에도 칼이 숨어 있어요. 더 가까운 친척일수록   165

더 피비린내 나는 법이잖아요.

맬컴 시위를 떠난 살육의 화살이

아직 명중하지 않았으니 목표물이 되지 않는 게

가장 안전한 방법이야. 그러니 말에 오르거라.

작별 인사는 신경 쓰지 말고, 빨리 떠나자.   170

자비 없는 곳에서는

도망치는 것도 용납될 수 있어.

(모두 퇴장)

· 제4장 ·

로스와 노인 등장.

노인 내 육십 평생 하고도 십 년을 분명히 기억하고 있소.

그동안 끔찍한 순간들과

기이한 것들을 수도 없이 봐 왔지만, 지난밤처럼

참혹한 밤은

옛일들을 무색하게 할 정도입니다.   5

로스 아, 노인장

하늘을 보시오. 인간이 한 짓 때문에 괴로운지
피로 더럽혀진 인간의 무대를 위협하는구려. 시간은 낮인데
캄캄한 밤이 움직이는 태양의 목을 조르고 있소.
생명을 주는 빛이 대지에 입맞춤해야 할 때   10
어둠이 대지를 뒤덮은 건
밤의 득세 때문입니까, 낮이 부끄러워서입니까?
노인 순리를 거스르는 일이오.

간밤에 일어난 그 일처럼. 지난 화요일에는
기세등등하게 하늘 높이 떠 있던 매 한 마리가   15
겨우 쥐나 잡아먹고 사는 올빼미에 습격당해 죽었다오.
로스 아름답고 발 빠르기로 유명한
덩컨 왕의 명마들도 (참으로 기괴하지만 사실이오.)
갑자기 사나워져
마구간을 부수고 나와   20
마치 인간에게 반기를 들 듯
복종을 거부했다지요.
노인 서로
물고 뜯었다는데.
로스 정말 그랬습니다. 직접 보면서도   25
제 눈을 의심할 지경이었습니다.

맥더프 등장.

맥더프 영주께서

오시는군요. ─

지금 상황은 어떤가요?

맥더프 왜, 모르시오?   30

로스 이 살육을 자행한 자가 알려졌습니까?

맥더프 맥베스가 죽인 자들이오.

로스 아니, 그럴 수가!

무엇을 명분 삼으려 했던 걸까요?

맥더프 사주를 받은 거죠.   35

맬컴과 도널베인, 두 왕자가

몰래 도망쳤소. 그래서 그들이

혐의를 받게 되었소.

로스 여전히 순리에 어긋나오!

그대의 생명을 삼켜 버릴 헛된 야망이여!   40

삶의 원천을 삼켜 버린 헛된 야망이로다.

그렇다면 왕권은 맥베스 영주에게 넘어가겠군요.

맥더프 이미 추대되어 즉위식을 거행하러

스쿤*으로 떠났소.

로스 덩컨 왕의 유해는 어디로 모셨습니까?   45

─────────────────

* 스쿤(Scone): 스코틀랜드 국왕의 성이 자리한 곳으로, 즉위식이 거행되었던 옛 도시.

맥더프 콤길[*]로 운구되셨소.

선왕들의 유해를 모시고 있는

신성한 묘소로.

로스 스쿤으로 가시겠소?

맥더프 아니요, 사촌. 난 파이프로 갈 거요.　　　　　　　50

로스 그럼, 내가 스쿤으로 가겠소.

맥더프 그곳에서 모든 일이 잘 해결되기를 바랍니다. 잘 가시오,

새 옷이 예전 옷보다 더 불편하지 않기를!

로스 노인장, 안녕히 계시오.

노인 두 분께 신의 축복이 있기를 빌겠습니다. 그리고 악을 선으로,　55

원수를 친구로 바꾸려는 모든 이들에게도 축복이 있기를!

(모두 퇴장)

---

[*] 콤길(Colmekill): 헤브리디스제도의 아이오나 섬에 세워진 수도원으로, 성 콜럼바에 의해 설립되었다. 이 수도원은 스코틀랜드의 중요한 종교적 중심지로 여겨졌다.

64

제3막

· 제1장 ·

뱅쿼 등장.

뱅쿼 이제 당신은 모든 것을 가졌다. ― 왕위와 코더와 글래미스
까지.
운명의 여인들이 약속했던 그대로. 그런데 그것을 얻기 위해
몹시 간악한 짓을 저지른 것은 아닌가 하여 나는 두렵다. 그
렇지만 왕위는
당신의 후손에게 이어지지 않고, 오히려 나 자신이
수많은 왕의 시조가 되리란*   5

---

* 수많은 왕의 시조가 되리란: 영국 왕 제임스 1세(스코틀랜드 국왕 제임스 6세)는 뱅쿼의 후
손으로 여겨졌고, 이에 따라 뱅쿼는 스튜어트 왕조의 시조로 믿어졌다. 셰익스피어는 맥베
스에서 뱅쿼의 자손이 왕이 될 것이라는 예언을 통해 제임스 1세의 정치적 정당성을 강조
했다. 이는 제임스 1세가 잉글랜드와 스코틀랜드의 왕위를 통합하는 과정에서 정치적 정당
성을 확보하기 위한 전략적 장치로 보인다.

말도 있었다. 그 말이 진실이라면

(맥베스, 그 예언이 당신에게 빛을 발하듯)

왜 당신에게 입증된 진리에 힘입어

나에게도 그것이 예언처럼 실현되리란

희망을 품으면 안 된단 말인가? 하지만, 이제 그만하자.   10

나팔 신호. 왕이 된 맥베스, 맥베스 부인, 레녹스, 로스,

귀족들, 그리고 시종들이 입장한다.

맥베스 우리의 주빈이 여기 계셨군.

맥베스 부인 이분이 안 계셨다면,

이 성대한 연회에 커다란 허점이 드러나,

모든 것이 격에 맞지 않게 되었을 겁니다.

맥베스 오늘 밤에 과인이 공식 만찬회를 마련하오니   15

참석해 주길 바라오.

뱅쿼 폐하께서 저에게

명령을 내리시면, 제 의무는

결코 풀 수 없는 매듭으로

언제나 묶일 것입니다.   20

맥베스 오늘 오후에 말 타고 어딜 가시오?

뱅쿼 그럴 생각입니다, 폐하.

맥베스 오늘 회의에서 장군의 귀중한 고언을 부탁드리려 했는데,

(항상 신중하고도 유익하지요.)

그건 내일로 미루겠소.   25

오늘 오후에 멀리 가야 하오?

뱅쿼 폐하, 지금부터 만찬회가 열릴 때까지 시간을

채울 수 있는 거리입니다. 말의 상태가 좋아지지 않으면,

밤의 어둠 속을 한두 시간 더

달려야 할 것 같습니다.   30

맥베스 연회를 놓치지 않기를 바라겠소.

뱅쿼 절대로 잊지 않겠습니다, 폐하.

맥베스 듣자니 우리의 잔혹한 사촌들이

각자 영국과 아일랜드에 기거하면서

아버지를 죽인 잔인한 범죄를 자백하기는커녕   35

이상한 소문을 퍼뜨리고 있다 하오. 그 얘기는 내일 하겠소.

우리가 함께 처리해야 할 국가적 사안이 있을 것이오.

어서 말을 타시오. 잘 가길 바라오,

밤에 돌아올 때까지. 플리언스도 동행하오?

뱅쿼 예, 폐하. 그럼, 이만 물러가야 할 시간이 됐습니다.   40

맥베스 그대의 말이 빠르고 흔들림 없이 잘 달리길 바라오.

그럼, 두 분을 말 등에 맡겨 두겠소.

잘 가시오.   (뱅쿼 퇴장)

자, 저녁 일곱 시까지는 모두 자유롭게 시간을 보내세요.

손님들을 더 즐겁게 맞이할 수 있도록   45

과인은 만찬회가 열릴 때까지
혼자 있을 생각이오. 그럼, 그때까지 편히들 쉬시오.

(맥베스와 하인만 남고 퇴장)

여봐라, 저들이 우리 뜻에 따라
준비를 마쳤느냐?

하인 예, 폐하. 성문 밖에서 기다리고 있사옵니다.   50

맥베스 내 앞으로 데려오라.   (하인 퇴장)

이 상태로 왕이 되는 건 아무것도 아니다.
그 지위가 안전하지 못할 바에야. 뱅쿼에 대한 우리의 두려움은
뿌리 깊이 박혀 있다. 더욱이 왕위에 걸맞은
그의 고귀한 품성에는   55
무언가 두려운 것이 도사리고 있다. 그는 대담하게
일을 감행하고, 불굴의 기질에 더해
자신의 용맹을 무탈하게 발휘하도록
이끌어 주는 지혜를 갖췄다. 내가 두려워하는 존재는   60
뱅쿼뿐이다. 그의 영향력이 미치는 한, 천분으로 타고난
내 비범한 능력도 그 빛을 잃는다. 카이사르에 가려진
안토니우스처럼. 세 마녀가 처음으로 나를 왕이라 칭했을 때
그는 그들을 꾸짖고 자기에게도 말하라 명했다. 마녀들은 곧
예언처럼
그를 역대 왕들의 조상으로 축복했다.   65
나에게는 머리에 열매를 맺지 않는 왕관을 씌우고

손에는 불모의 왕홀*을 쥐어 주어

내 자손이 계승하지 못하고

내 핏줄이 아닌 자에 의해 빼앗기게 된다. 그렇다면,

난 뱅쿼의 후손들을 위해 내 마음을 더럽히고 70

그들을 위해 자애로운 덩컨을 죽인 것이다.

오로지 그들을 위해 평화의 그릇에 원한을 부었고

내 가장 소중한 영혼을

인간 공통의 적에게 내어 주었다.

그들을, 뱅쿼의 씨앗을 왕위에 오르게 하려고. 75

그럴 바엔, 운명아, 결투에 나서라.

나와 한번 끝까지 붙어 보자. ― 거기 누구냐?

하인이 두 명의 자객과 함께 등장.

(하인에게) 넌 문밖에서 부를 때까지

기다리도록 해라. (하인 퇴장.)

우리가 얘기를 나눈 게 어제였던가? 80

자객들 예, 폐하.

맥베스 그렇다면, 이제

* 왕홀: 유럽 군주의 권력과 위엄을 상징하는 장식용 지팡이로, 보통 상아나 금속으로 제작
된다. 길이는 1m 이상이며, 꼭대기에는 화려한 장식이 달렸다.

내 말을 깊이 생각해 보았느냐? 오래전에

너희들을 불행에 빠트린 장본인이

너희가 생각한 것처럼 이 죄 없는 과인이 아니라   85

뱅쿼라는 사실을 알았느냐? 지난번 회의 때 난 이 사실을

너희들에게 확실히 해 주었다. 검증된 내용을 바탕으로

너희가 어떻게 속았고, 방해받아 실패로 끝이 났는지.

또 그들 편에서 일을 처리한

하수인이며   90

그 밖의 모든 것을.

바보나 미친놈도 '뱅쿼가 한 짓'이라고

말할 거네.

자객1 네, 폐하께서 그렇게 알려 주셨습니다.

맥베스 내가 그랬지. 그리고 더 나아가 이제   95

우리는 두 번째 단계에 와 있다. 너희는

이 일을 그냥 넘길 수 있을 만큼

인내심이 강한 것 같으냐? 이 선하신 분과 그 후손을 위해

기도할 정도로 신앙심이 깊은가?

혹독한 처사로 너희를 죽음에 내몰고   100

영원히 비렁뱅이로 살게 했는데도?

자객1 저희도 사람이고 사내이옵니다, 폐하.

맥베스 그래, 명부에선 너희도 사람으로 불리겠지.

사냥개, 그레이하운드, 잡종견, 스패니얼,

똥개,   105

삽살개, 물가에 사는 개, 늑대개가 모조리

개라고 불리듯이 말이야. 하지만 값어치로 나뉜 목록에서는

빠른 놈, 느린 놈, 교묘한 놈,

집 지키는 개, 사냥개 등 모든 자질이

풍요로운 자연이 부여한 재능에 따라   110

구별되어 있지. 그러니 엇비슷하게 써 놓은

명부에서는 알 수 없는 차별화된 속성이

주어지는 것이다. 인간도 마찬가지다.

자, 너희들이 그 목록에 오른 이상,

가장 형편없는 위치에 있는 사내가 아니라면 말해 보아라.   115

그럼, 내가 그 일을 너희 품에 안겨 주겠다.

그 일을 실행하면 너희는 원수를 없애고,

내 마음을 얻고, 총애를 받게 될 것이다.

우리의 건강은 그가 살면 병약해지고,

죽어야 완벽해진다.   120

자객 2 폐하, 소인은

세상의 숱한 풍파와 고초에

부아가 뒤집혀 세상에 분풀이만 할 수 있다면

무슨 짓이든 상관없는 놈입니다.

자객 1 저 또한 그러하옵니다.   125

고달픈 세상살이와 운명의 불장난에 지쳐서

어떤 기회든 제 목숨을 내걸고

운세를 바꾸든지 죽음을 맞든지 하려고 합니다.

맥베스 너희 둘, 이제 알았겠지.

뱅쿼가 원수였다는 걸.   130

자객들 예, 폐하.

맥베스 그는 내 원수이기도 하다. 그리고 그는 살아 있는 매 순간

내 안위에 해를 끼칠 수 있을 만큼

아주 위협적인 거리에 있어. 비록 과인이

노골적으로 왕권을 휘둘러 그를 내 눈앞에서 사라지게 하고   135

명분을 내세울 수도 있지만, 그럴 수는 없다.

나와 뱅쿼가 서로 잘 아는 친구들의 신의를

저버릴 수 없으니까. 내가 직접 무너뜨린 자의 죽음을

애통해해야 하기 때문이지.

그래서 너희들의 도움을 청하는 것이다.   140

또 몇 가지 중대한 이유가 있어서

사람들 눈을 피해 가면서 주문하느니라.

자객 2 폐하의 명령을

받들겠습니다.

자객 1 비록 저희의 목숨이 —   145

맥베스 기백이 넘치는구나. 늦어도 한 시간 안으로

너희들이 어디에 몸을 숨길지 알려 주고,

결행에 나설 정확한 시간을 귀띔해 줄

내통자를 소개해 주겠다. 이 일은 오늘 밤

성 밖에서 감행되어야 하니까. 난 늘 결백이 의심받지 않게

방해물이 없어야 한다고 생각했다. 그러하므로 그와 함께   150

(서투른 일 처리로 흠집을 남기지 않으려면)

동행하는 그의 아들 플리언스도

어두운 운명을 받아들이도록 해야 한다.

뱅쿼를 없애는 것 못지않게 그의 핏줄을 없애는 것이   155

과인에게는 중요한 일이니까.

각자 결심을 굳게 다져라.

곧 다시 만나세.

자객들 우리는 마음을 굳혔습니다, 폐하.

맥베스 곧바로 부를 테니 안에서 기다려라.   160

(자객들 퇴장.)

이제 결단을 내렸다. 뱅쿼, 그대의 영혼이

천국에 이를 운명이라면, 오늘 밤 그 길을 찾게 되리라.

(맥베스 퇴장.)

· 제2장 ·

맥베스 부인과 시종 등장.

맥베스 부인 뱅쿼 장군이 궁전을 떠나셨다고?

시종 예, 왕비 마마. 하지만 오늘 밤 돌아오십니다.

맥베스 부인 폐하께 아뢰라.

　　잠시 짬을 내시면 몇 마디 나누고 싶다고.

시종 예, 왕비 마마.　　　　　　　　　　　　(시종 퇴장.)　　5

맥베스 부인 얻은 건 없고, 힘만 뺐네.

　　바라던 걸 손에 쥐었으나 만족은 없으니.

　　죽임을 당하는 편이 더 속 편할지 몰라.

　　살인을 저지르고 불안한 기쁨을 맛보느니.

　　　　　　　　　맥베스 등장.

　　폐하, 무슨 일인가요? 어찌하여 홀로 외로이 계십니까?　　10

　　그토록 침울한 상념들을 친구 삼고 계시네요.

　　이미 죽은 자들과 함께 사라졌어야 할

　　생각들인데요. 해결할 수 없는 일은

　　신경 쓰지 마세요. 이미 지나간 일은 지나간 것입니다.

맥베스 우리는 뱀에게 상처만 입혔을 뿐, 죽이진 못했소.　　15

　　그놈의 상처가 아물어 회복되는 사이, 우리의 선부른 악행이

　　예전의 그 날카로운 이빨에 다시 공격받게 될 거요.

　　차라리 세상이 무너져 하늘과 땅이

　　고통에 몸부림치게 하라.

끼니마다 불안에 떨며 수저를 들고,   20
밤마다 우리를 괴롭히는 이 끔찍한 악몽의 공포 속에서
잠들기 전에. 심적 고통을 감내하며
불안한 환희 속에 누워 있느니,
우리가 안식을 찾으려 영원한 안식에 들게 한
죽은 자와 함께 있는 편이 더 낫겠소. 덩컨은 무덤에서   25
인생의 발작 같은 열병이 지나간 뒤 조용히 잠들어 있소.
최악의 반역으로 이제 모든 고통은 끝났소. 칼이나 독약이나
내란이나 외침, 그 어떤 것도 더는 그에게
해를 끼칠 수 없게 됐소.

맥베스 부인 그만하세요, 폐하!   30
얼굴 좀 펴고, 오늘 밤, 손님들 앞에서
밝고 즐거운 모습을 보여 주세요.

맥베스 그리하리다, 사랑하는 아내여.
당신도 그리하시오. 잊지 말고 뱅쿼 장군을,
그의 높은 지위를 눈과 혀로 드러내 주시오.   35
한동안은 마음을 놓을 수 없으니
우리의 명예를 끊임없는 아첨의 물결에 싣고
얼굴을 가면 삼아 본심을
숨겨야 할 것이오.

맥베스 부인 그만 그 생각을 떨쳐 내세요.   40

맥베스 아, 사랑하는 아내여, 내 마음은 전갈로 가득 차 있소.

뱅쿼와 플리언스가 아직 살아 있다는 걸 당신도 알 거요.

맥베스 부인 하지만 그들도 언젠가는 죽어요.

맥베스 그래서 위안이 되오. 그들을 습격할 수 있으니.

그러니 즐거워하시오. 박쥐가 수도원 안을   45

날아오르기 전에, 단단한 껍질로 덮인 풍뎅이가

헤카테의 부름을 받고 졸린 듯 나른하게 윙윙거리며

저녁 종소리를 울리기 전에 살벌한 일이

벌어질 거요.

맥베스 부인 무슨 일이 벌어지는데요?   50

맥베스 그냥 모르는 체하시오, 내 사랑.

그 일이 끝나고 박수를 보낼 때까지는. ― 오너라, 어두운 밤

이여.

자비로운 낮의 고운 눈을 가리고,

그대의 피 묻은, 보이지 않는 손으로

나를 위협하는 생명의 계약을 무효로 하고   55

갈기갈기 찢어 다오. 빛은 흐려지고, 까마귀가

우거진 숲으로 날아간다.

낮의 선한 것들은 축 늘어져

잠들기 시작하고, 밤의 검은 무리가

먹이를 찾아 일어선다. ―   60

내 말에 놀란 모양이구려. 하지만 가만히 있어 봐요.

악의로 시작된 일은 악의로 더욱 굳건해지는 법이오.

자, 그러니 나와 함께 가시오.

(모두 퇴장)

· 제3장 ·

세 자객 등장.

자객1 한데 누가 우리와 합류하라고 시킨 건가?

자객3 맥베스 왕께서.

자객2 (자객 1을 향해) 이 사람을 의심할 필요는 없네.

우리의 임무와 반드시 해야 할 일을

정확히 전달하고 있으니까.   5

자객1 그럼, 같이 해 봅시다. ―

서쪽 하늘에 아직 석양빛이 몇 줄기 남아 있으니

갈 길 늦은 나그네는 여관에 닿으려고

박차를 가하고, 우리의 감시 대상도

가까워지고 있네.   10

자객3 쉿! 말발굽 소리요.

뱅쿼 (안에서) 여봐라, 횃불을 다오!

자객2 저자로군.

나머지 예정된 손님들은

이미 궁 안에 있어.   15

자객1 말들이 움직이는군.

자객3 한 일 마일쯤. 그러나 보통 저자는

(모두가 그리하듯) 여기에서 궁문宮門까지

걸어가오.

뱅쿼와 플리언스 햇불 들고 등장.

자객2 햇불이다, 햇불!   20

자객3 저자다.

자객1 준비하라.

뱅쿼 오늘 밤엔 비가 올 모양이구나.

자객1 퍼부어라.*

                                        (세 명의 자객이 공격한다.)

뱅쿼 아, 배신이다! 도망쳐라, 플리언스, 도망쳐!   25

네가 반드시 복수해 다오. ― 아, 저놈들!

                                (뱅쿼는 죽고 플리언스는 달아난다.)

자객3 누가 햇불을 끈 거요?

자객1 그게 아니었소?

* 퍼부어라: 비가 쏟아지듯 공격을 개시하라는 자객 1의 명령으로, 피가 흐르는 것을 상징
적으로 표현한 것이다.

자객 3 한 놈만 쓰러트렸다.

아들은 도망쳤어.   30

자객 2 우리 일의 중요한 절반을

놓쳤군.

자객 1 아무튼, 가서 일을 얼마나 끝냈는지 보고하세.

(모두 퇴장)

· 제4장 ·

연회가 준비되어 있다. 맥베스, 맥베스 부인,

로스, 레녹스, 귀족들과 시종들 등장.

맥베스 각자 지위를 아실 테니 자리에 앉으시오. 모든 분께

진심으로 환영의 뜻을 표하오.   (그들이 자리에 앉는다.)

귀족들 황공하옵니다, 폐하.

맥베스 과인은 여러분과 어울려

겸손한 주인 역할을 해 보겠소.   5

안주인은 옥좌를 지키고 있지만 적절한 때에

여러분께 환영 인사를 올리도록 요청해 보겠소.

맥베스 부인 폐하, 저 대신 모든 분께 말씀해 주세요.

제 마음이 진심으로 환영하고 있으니까요.

자객 1 문가에 등장.

맥베스 보시오, 그들은 충심으로 당신에게 감사하오.　　　　　10

양쪽이 동일하니 난 여기 중앙에 앉겠소.

흥겹게 놀아 주시오. 곧 자리에 앉아

한잔씩 돌리겠소. (자객에게 다가간다.) 얼굴에

피가 묻었군.

자객 그렇다면 뱅쿼의 것입니다.　　　　　15

맥베스 그것이 놈의 몸속에 있지 않고 네 얼굴에 묻어 있으니 아

주 좋구나.

해치웠나?

자객 예, 폐하. 그자의 목을 베었습니다. 제가 직접 했습니다.

맥베스 넌 자객 중에서도 으뜸이로다.

그런데 플리언스도 해치웠다면 그자도 훌륭해.　　　　　20

만약 네가 처리했다면 넌 그야말로 천하무적이야.

자객 국왕 폐하, 플리언스는 도망쳤습니다.

맥베스 (방백)

다시 불안이 발작하는군. 안 그랬다면 더 바랄 게 없었는데.

대리석처럼 흠 없고, 바위처럼 견고하고,

공기처럼 가볍고 자유로웠을 텐데.　　　　　25

하지만 난 지금 불손한 의심과 두려움에

감금되고, 갇히고, 결박당했어. — 뱅쿼는 안심해도 되겠지?

자객 예, 폐하. 머리에 스무 군데나 상처를 입고

도랑에 처박혀 있습니다.

자연이 허락한 가장 참혹한 죽음이었습니다.   30

맥베스 고맙네.

큰 뱀은 죽었다. 달아난 작은 뱀은

습성상 때가 되면 독을 품게 마련이지만

당장은 이빨이 없으니. ― 물러가거라. 내일

다시 이야기하도록 하세.   (자객 퇴장.)   35

맥베스 부인 국왕 폐하,

즐거운 분위기를 돋우지 않으시네요. 잔치에

주인장의 환대가 없으면

사 먹는 음식과 다를 바 없지요. 그저 배를 채우려면

집에서 먹는 게 제일이지요. 잔치에서 최고의 양념은   40

격식과 환대예요. 그게 없다면 알맹이가 없는 모임이지요.

뱅쿼의 유령이 등장하여 맥베스의 자리에 앉는다.

맥베스 (맥베스 부인에게) 아, 잘 일러 주었소. ―

이제, 식욕만큼 소화력이 받쳐 주길 바라오.

모두 건강하기를!

레녹스 폐하, 앉으시지요.   45

맥베스 우리의 뱅쿼 장군께서 자리를 빛내 주셨다면

이제 이 나라의 위엄이 온전히 세워졌을 터인데.

난 그분의 불참을 안타깝게 여기느니

무성의를 책망하고 싶소이다.

로스 폐하, 그분의 불참은   50

약속을 지키지 않은 것입니다. 폐하께서

자리를 함께하시어

저희를 빛내 주시겠습니까?

맥베스 다 찼는데.

레녹스 여기 비워 둔 자리가 있습니다, 폐하.   55

맥베스 어디 말인가?

레녹스 여깁니다, 폐하. 무슨 문제라도 있으십니까?

맥베스 누가 이런 짓을 했느냐?

귀족들 무슨 말씀인지요?

맥베스 (유령에게)

넌 내가 그랬다고 말 못 해. 그 피 묻은 머리칼을   60

내 앞에서 흔들지 말라.

로스 여러분, 일어나세요. 폐하께서 편찮으신 모양입니다.

맥베스 부인 앉아 계세요, 여러분. 폐하께서는 가끔 저러십니다.

젊어서부터요. 제발 앉아 계세요.

발작은 순간이고, 조금만 있으면   65

좋아지실 겁니다. 여러분이 너무 주목하면

기분이 상하실 것이고, 감정이 더 격앙될 테니

계속 식사를 즐겨 주시고, 신경 쓰지 마세요.

(맥베스를 한쪽으로 데려가며)

이러고도 사내예요?   70

맥베스 그럼, 대범한 사내지. 악마도 기겁할 저것을

이렇게 매섭게 노려보고 있지 않소.

맥베스 부인 어련하시겠어요!

이건 당신의 두려움 때문에 생긴 헛것이에요.

당신을 덩컨에게 인도했다는   75

그 허공에 떠 있던 단검 같은 거예요. 오, 진짜 공포를 가장한

이런 발작적인 광기는 겨울철 불 앞에 모여

아낙들이 할머니를 내세워 진짜라고 떠드는 얘기에나

잘 어울릴 거예요. 창피해 죽겠어요!

표정이 왜 그 모양이에요? 그 발작 증세가 가시고 나면   80

빈 의자만 눈에 보일 거예요.

맥베스 제발, 저길 보시오! 잘 봐, 보라고! (유령에게) 자,

뭐라고 하시겠소?

내가 왜 상관하지? 끄덕일 수 있다면 말해 보아라. ―

납골당과 무덤이 우리가 묻은 자를   85

되돌려 보낸다면 솔개의 위장을

우리의 무덤으로 삼아야겠구나.   (유령 퇴장.)

맥베스 부인 아니, 바보짓도 모자라 이제 남자다움마저 잃은 거

예요?

맥베스 내가 여기서 분명히 보았소.

맥베스 부인 어휴, 창피해 죽겠네!   90

맥베스 그 옛날에도 피는 흘렀다. 온정적인 법률이

평화롭게 사회를 정화하기 전에도.

그래, 그때 이후로도 귀에 담기 힘든

끔찍한 살인은 자행되었다. 그 시절에는

사람의 뇌가 밖으로 나오면 죽었고,   95

그걸로 끝이었다. 한데 지금 그자들이 다시 일어난다.

머리에 치명상을 스무 군데나 입고도

의자에서 우릴 밀어낸다. 그것이야말로

살인보다 더 기이한 일이다.

맥베스 부인 훌륭하신 폐하,   100

손님들이 기다리고 계십니다.

맥베스 참, 잊고 있었군. —

이상하게 생각 말아 주시오, 내 고귀한 벗들이여.

내게 괴상한 지병이 있소만, 나를 아는 이들에게는

별거 아니라오. 자, 모두에게 사랑과 건강이   105

함께하기를.

그럼, 과인도 자리에 앉겠소. — 포도주를 따르라. 한 잔 가득.

유령 등장.

이 자리에 계신 모든 분과, 보고 싶은

뱅쿼 장군을 위하여.

지금 여기 있었으면! 여러분 모두와 뱅쿼 장군을 위하여,   110

그리고 우리 모두를 위하여.

귀족들 충성을 맹세합니다, 폐하.

(모두 잔을 높이 들어 올린다.)

맥베스 (유령에게)

썩 꺼져. 내 눈앞에서 사라져. 땅속으로 들어가 버려!

네 뼈에는 골수가 없고, 피도 차갑게 식었다.

노려보는 네놈 눈은   115

생기 없이 공허할 뿐이다.

맥베스 부인 여러분,

그저 흔한 일이라

생각해 주세요. 다른 뜻은 없어요.

다만 즐거운 잔치에 흥이 좀 깨진 것뿐입니다.   120

맥베스 (유령에게) 사내가 덤빌 수 있는 일은 나도 해.

억센 러시아 곰이나 무장한 코뿔소,

아니면 히르카니아 범처럼 달려들어 봐라.

지금 그 모습만 아니면 내 굳은 의지는

절대 흔들림이 없을 테니까. 아니면 다시 살아나   125

칼 들고 황야에 와서 뱃심 좋게 나한테 덤벼 봐.

그때 내가 떨고 있으면 어린 계집의 자식이라고

단언해라. 물러가라, 끔찍한 그림자야!

실체 없는 허깨비야, 사라져!   (유령 사라진다.)

뭐야, 사라지네.   130

이제 다시 남자가 되었다. — 여러분, 자리에 앉으시오.

맥베스 부인 당신의 그 가관스러운 착란으로

　홍도 깨지고

　즐거운 연회도 엉망이 되었어요.

맥베스 그것이 여름날 구름처럼   135

　별안간 과인을 덮쳐 오는데

　어찌 놀라지 않겠소? 당신 때문에 나만 이상한 사람 같구려.

　심지어 내 기질까지 낯설게 느껴지오.

　그러고 보니 그런 광경을 보고도

　당신은 홍조 띤 안색 하나 안 변했는데   140

　내 뺨은 겁에 질려 새하얗소.

로스 무슨 광경인지요, 폐하?

맥베스 부인 아무 말도 마세요. 상태가 더 나빠지십니다.

　질문하면 더 역정을 내셔요. 자, 여러분 잘 가세요.   145

　나가는 순서 상관 마시고

　어서 물러가세요.

레녹스 안녕히 주무십시오.

　폐하의 건강이 회복되시길 바라나이다.

맥베스 부인 모두 편안한 밤 되세요.   150

맥베스와 맥베스 부인을 제외한 모든 귀족과 시종 퇴장.

맥베스 그것은 피를 부를 것이오. 피는 피를 부른다고 했고.

돌이 움직이고, 나무가 말했다는

얘기도 있소.

까치와 붉은부리까마귀, 떼까마귀를 관찰해

점성술사들이 여러 현상을 해석한   155

징조로

숨은 살인자를 밝혀낸 적도 있었지. — 밤이 얼마나 깊었소?

맥베스 부인 아침과 겨루는 중이라, 아직은 분간이 어려워요.

맥베스 어떻게 생각하오?

맥더프가 과인의 긴요한 요청에도 불참했는데.   160

맥베스 부인 사람을 보냈나요, 폐하?

맥베스 그렇다고 듣긴 했소. 하지만 보낼 거요.

내가 매수한 하인을 심어 놓지 않은 집은

이 나라에 하나도 없소. 난 내일

(그것도 아침 일찍) 운명의 자매들에게   165

더 많은 걸 말하게 할 거요. 이제 최악의 방법을 써서라도

최악의 일을 알아내고 말겠소. 내 이익을 위하여

대의명분 따윈 제쳐 두겠소. 난 이미 피에

내 발을 깊이 담갔소. 더 나아가지 않으면

돌아가기는 건너가는 것만큼이나 힘에 부칠 것이오.   170

머릿속에 당장 손쓸 수 있는 기묘한 생각들이 가득한데,

그것들을 헤아려 보기 전에 행동에 옮겨야 할 것이오.

맥베스 부인 당신은 모든 생명의 보약인 잠이 부족하네요.

맥베스 자, 이제 잠을 청하러 갑시다. 자책인지 모를 이 생소한 망상은

처음 겪는 두려움이니 단련이 필요할 뿐이오.   175

이런 일에는 우린 아직 경험이 부족하오.

(모두 퇴장.)

· 제5장 ·

천둥. 세 마녀 등장. 헤카테를 만난다.

마녀 1 웬일이에요, 헤카테? 언짢아 보이네요?

헤카테 화가 안 나겠어, 이 할망구들아?

감히 주제넘게

생사가 걸린 문제를 수수께끼로 입을 놀려

맥베스와 거래를 하면서   5

정작 너희의 마법을 다스리는 주인이요,

온갖 해악질을 다 꾸며 낸 장본인인 나에게

역할도 주지 않고

현란한 마술을 과시할 기회도 안 줬단 말이냐?

더 기막힌 건 너희가 한 모든 짓이   10

고작 삐뚤어진 사내놈 하나를 위해서였다는 거야.

독하고 노기등등한 것이, 그자도 남들처럼

제 잇속만 챙길 줄 알지, 너희는 안중에도 없단 말이지.

자, 이제 바로잡을 시간이야. 당장 떠나거라.

그다음 아케론*의 구덩이에서   15

아침에 날 만나. 그놈이 거기로

자기 운명을 알고 싶어 찾아올 테니까.

너희 그릇과 주문을 준비해라.

마법이며 그 밖의 모든 것도.

난 하늘로 날아가겠다. 오늘 밤엔 비참하고   20

돌이킬 수 없는 운명을 불러올 일을 꾸밀 거야.

정오까지 큰일을 치러야 해.

저기 저 달 한 귀퉁이에

신비로운 물방울이 걸렸구나.

땅에 닿기 전에 내가 잡아서   25

마술로 그것을 증류하면

가짜 정령들을 불러낼 수 있는데

그것들이 놈을 현혹해

---

* 아케론(Acheron): 그리스 신화에서 죽음의 강으로, 저승의 문으로 통하는 통로로 여겨
진다. 이곳은 죽은 자의 영혼들이 강을 건너 저승으로 향하는 곳으로, 공포와 고통을 상징
하는 장소로 묘사된다.

혼돈의 늪으로 끌어들일 거야.

그자는 운명을 짓밟고 죽음을 조롱하고 지혜와 은총,　　　　　30

공포보다 자신의 소망을 더 높이 살 거야.

너희도 알다시피 방심은

인간의 가장 큰 적이니라.

　　　　　　　　　　　　　　　　　　　　(음악과 노래)

아! 날 부른다. 내 작은 정령들이

안개 낀 구름 속에 앉아 날 기다린다.　　　(헤카테 퇴장.)　35

　　　　　　　　　　　(안에서 노래. '오너라, 오너라' 등.)

마녀1　자, 서둘러. 헤카테가 곧 돌아올 테니.

　　　　　　　　　　　　　　　　　　　　(모두 퇴장.)

· 제6장 ·

레녹스와 귀족 한 사람 등장.

레녹스　제 얘기가 당신의 생각과 맞닿아 있긴 하지만,

좀 더 깊이 들여다볼 여지가 있소이다. 다만, 일이

묘하게 흘러갔다는 말만 하겠소.

자비로운 덩컨 왕은

맥베스의 애도를 받았소. 그야 물론, 왕께서 이미 돌아가셨으니.　5

그리고 용감한 뱅쿼는 밤늦게 길을 재촉했는데,

혹시라도 플리언스가 죽였다고 생각할 수도 있겠군요.

도망쳤으니까. 함부로 밤길을 나다니면 안 됩니다.

맬컴과 도널베인이

자비로우신 부왕을 살해하는 것이 얼마나 극악무도한 일인지   10

누군들 생각 못 할까? 천인공노할 일이지,

맥베스가 얼마나 비통해했소! 그 충성심에 들끓는 분노로

술의 노예, 잠의 포로가 되어 버린 두 놈을

그 자리에서 짓이겨 놓지 않았소?

참으로 고귀한 행동 아니오? 아, 현명한 처사였기도 했고.   15

놈들이 범행을 부인하는 소릴 듣고서

분개하지 않을 사람은 없을 테니. 그래서 제가 하고 싶은 말은

맥베스가 모든 일을 잘 처리했다는 것이오. 또 제 생각에

덩컨의 두 아들이 맥베스의 손안에 든다면

(하늘이여, 제발 허락하지 않기를)   20

그들은 알게 될 거요.

부친을 살해하면 어떻게 되는지. 플리언스도 마찬가지요.

하지만 이제 조용히 하세.

입바른 소리를 하더니, 폭군의 연회에도

불참했다 하여,   25

맥더프가 눈 밖에 났다고 들었소. 그가 어디서

기거하고 있는지 아시오?

귀족 덩컨 왕의 아드님은

(정당한 왕권을 폭군에게 빼앗기고)

잉글랜드 궁정에 의탁하고 계시는데, 참으로 경건한   30

에드워드 국왕께서 은혜를 베풀어 주시니

얄궂은 운명에도 그의 존엄은 조금도

흐트러짐이 없다고 합니다. 맥더프는 그곳으로 가서

성왕께 간청하여 그의 도움으로

노섬벌랜드*와 용맹한 시워드**에게 궐기를 촉구하려 하오.   35

그래서 이분들의 도움 얻어 (이 일을 승인해 줄

하늘에 계신 분과 함께) 우리가 다시 한번

식탁에 고기를 올리고, 밤에는 편안히 잠들고

향연과 연회에서 더는 피 묻은 칼을 볼 일 없이

충직한 신하의 예를 다하며, 기탄없이 명예를 드높이길 바라

고 있소.   40

이 모든 것이 우리가 갈망하는 것이오. 이 소식을 들은 왕은

크게 격분하여

전쟁을 일으킬 준비를 하고 있답니다.

---

* 노섬벌랜드(Northumberland): 잉글랜드 북부 지역을 가리키는 지명이자, 노섬벌랜드 공작을 지칭한다. 이 대사에서 노섬벌랜드는 잉글랜드 북부의 유력 가문 출신으로 맬컴의 편에서서 맥베스와 대립하는 귀족이다.
** 시워드(Siward): 잉글랜드 노섬벌랜드 귀족이며, 잉글랜드군의 지휘관으로 맥베스와 전투를 벌인 기록이 있다. 노섬벌랜드와 시워드는 실제 역사 속 인물들로, 스코틀랜드와 잉글랜드 간의 정치적 관계에서 중요한 역할을 한 인물들이다.

레녹스 맥더프에게 사람을 보냈답니까?

귀족 보냈지만, "난 안 가오." 단칼에 거절하자   45
사신이 불편한 기색을 감추지 못하고 등을 돌리며
"이 대답으로 내 발목 잡은 걸 후회할 날이 올걸." 하듯이
중얼거렸다는군요.

레녹스 그렇다면 그분에게
조심하라 이르고 지혜롭게 적당한 거리를   50
유지하도록 하는 게 좋겠소. 거룩한 천사가
잉글랜드 궁정으로 날아가 맥더프가 오기 전에
그의 전언을 전해 주어 저주받은 손 아래
신음하는 이 나라에 하늘의 축복이 조속히
돌아오게 하소서.   55

귀족 그분의 편에 내 기도를 보내리다.

(모두 퇴장.)

제4막

· 제1장 ·

천둥. 세 마녀 등장.

마녀 1 세 번, 얼룩무늬 고양이가 울었어.

마녀 2 세 번, 그리고 한 번 더 고슴도치가 울었어.

마녀 3 하피어*가 외쳤어. "때가 왔다, 때가 왔다!"

마녀 1 가마솥 주위를 돌아라.

   독기 찬 창자를 던져 넣어라.   5

   차가운 돌 밑에서

   서른한 낮과 서른한 밤을

   독 품은 땀 흘리며 잠든

---

* 하피어(Harpier): 초자연적인 힘을 지닌 존재로, 정체를 알 수 없는 일종의 마물로 여겨진다. 셰익스피어의 작품에서 이러한 영혼은 괴기스러운 분위기 때문에 올빼미와 같은 맹금류와 연관되는 경우가 많으며, 그리스 및 로마 신화에 등장하는 괴물인, 여자 얼굴에 새의 몸을 가진 '하피(Harpie)'에서 이름이 유래했을 것으로 추측된다.

두꺼비야, 네가 먼저 마법의 솥에서 끓어라.

모두 고역과 고통이 두 배로.   10

불꽃아, 타올라라. 가마솥아, 부글부글 끓어라.

마녀 2 늪지 뱀의 살점아,

가마솥에서 푹푹 익어라.

도롱뇽 눈알과 개구리 발가락,

박쥐 털과 개 혓바닥,   15

독사의 갈라진 혀와 눈 없는 뱀의 독침,

그리고 도마뱀 다리와 부엉이 날개야,

재앙을 일으킬 강력한 저주의 마법을 위해

지옥의 국물처럼 부글부글 끓어라.

모두 고역과 고통이 두 배로.   20

불꽃아, 타올라라. 가마솥아, 부글부글 끓어라.

마녀 3 용의 비늘과 늑대 이빨,

마녀의 미라와 배때기가 부른 바다 상어의

밥주머니와 썩은 내장,

밤중에 캐낸 독초의 뿌리,   25

불경한 언사를 일삼는 유대인의 간,

염소 담즙과 월식 때 잘라 온

주목 가지,

터키인의 코와 타타르인의 입술*,

창녀가 도랑에 버린   30

목 졸린 갓난아기의 손가락을 넣어

걸쭉한 죽을 만들어라.

우리 가마솥의 재료로

호랑이의 내장을 곁들여라.

모두 고역과 고통이 두 배로.   35

불꽃아, 타올라라. 가마솥아, 부글부글 끓어라.

마녀 2 원숭이 피로 솥을 식혀라.

그러면 마법은 강력하고 완벽해질 것이니.

헤카테와 다른 세 마녀 등장.

헤카테 오, 훌륭해! 다들 애썼다.

모두가 이득을 나누게 될 거야.   40

자, 이제 가마솥 주변에서 노래를 불러.

요정과 정령처럼 둥글게 원을 그리며

던져 넣은 모든 것에 마법을 걸어.

(음악과 노래. '검은 영혼' 등. 헤카테 퇴장.)

마녀 2 내 엄지에서 찌릿한 게 느껴진다.

무언가 사악한 것이 왔어.   45

---

* (앞쪽) 터키인의 코와 타타르인의 입술: 당시 이 두 종족은 잔혹한 이교도의 상징처럼 인식되었기에, 마녀들이 언급하는 잔인함과 악의 본성을 강조하려는 의도가 담겼다고 볼 수 있다.

열려라, 자물쇠야,

두드리는 자가 누구든.

맥베스 등장.

맥베스 은밀하고 사악한 한밤중의 마녀들아,

무엇들 하고 있느냐?

모두 이름 없는 행위라오.   50

맥베스 너희가 믿는 마법을 걸고, 묻노니

어떻게 알아낸 것이든, 대답해라.

너희들이 바람을 풀어 교회에 맞서

싸우게 만들지라도, 거품 이는 파도가

항해하는 배를 뒤엎어 삼켜 버릴지라도,   55

이파리가 풍성한 곡식이 눕고,

나무가 쓰러지더라도,

성곽이 수비대의 머리 위로 무너져 내리고,

궁궐과 피라미드가 기울어져

땅에 머리를 조아리더라도,   60

자연의 귀한 씨앗*이

---

* 자연의 귀한 씨앗: 생명의 근원과 번영을 상징하며, 이때 씨앗의 파괴는 자연의 질서와 생태계의 붕괴를 암시한다고 볼 수 있다.

한꺼번에 굴러떨어져
심지어 땅을 메마르게 할지라도
내 물음에 대답해라.
마녀 1 말해 보세요.   65
마녀 2 물어봐요.
마녀 3 대답해 주리다.
마녀 1 우리 입을 통해 듣고 싶나,
　　　아니면 우리 스승님들한테 들으시려오?
맥베스 불러 봐라. 내가 좀 봐야겠다.   70
마녀 1 제 새끼 아홉을 먹어 치운 암퇘지의
　　　피를 퍼부어라. 교수대에 흘러내린
　　　살인자들의 기름도
　　　저 불 속에 던져 넣어라.
모두 높은 자리에 있든, 낮은 자리에 있든 나와서   75
　　　네 정체와 소임을 즉시 알려라.

천둥. 첫 번째 환영. 무장한 머리.

맥베스 말해라. 알 수 없는 존재여 ─
마녀 1 이미 당신 생각을
　　　알고 있어요.
　　　들으려 하되, 아무 말 마시오.   80

환영 1 맥베스! 맥베스! 맥베스! 맥더프를 조심하라.

파이프 영주를 조심하라. 보내 줘. 이걸로 충분하다.

(환영 1 내려간다.)

맥베스 네가 누구건, 타당한 경고엔 고맙다.

내 어수선하고 불안한 마음을 제대로 짚었구나.

하지만 한마디만 더 — 85

마녀 1 누구의 명령도 따르지 않아요. 또 하나 나타난다.

첫 번째보다 더 강력한 존재요.

천둥. 두 번째 환영, 피투성이 아이.

환영 2 맥베스! 맥베스! 맥베스! —

맥베스 귀가 셋 있으면 더 잘 들릴까!

환영 2 피에 굶주린 듯, 대담하게, 결단력 있게 행동하라. 인간의

능력 따윈 90

비웃어라. 여자의 뱃속에서 태어난 자는

맥베스를 해칠 수 없다.

(환영 2 내려간다.)

맥베스 그럼, 살아 있어라, 맥더프. 무엇이 두려울 것이냐?

하지만 더 확실히 하려면

운명의 보증을 받아야겠어. 널 살려 두지 않을 거야. 95

공포에 짓눌린 심약한 마음에 두려움은 거짓이라 말하고,

천둥이 울려도 편안히 잠들 수 있도록.

　　　　천둥. 세 번째 환영, 손에 나무를 든 어린아이.

이건 뭐냐?

왕의 후손처럼 솟아오르고 있구나.

아기가 이마에 둥근 왕관을 썼네.　　　　　　　　　　　　100

군주란 말인가?

모두 들으려 하되, 말하지 마시오.

환영 3 사자처럼 용감하고 당당해져라. 누가 화를 내든,

누가 초조해하든, 누가 음모를 꾸미든 조금도 걱정하지 말라.

맥베스는 정복당하지 않는다.　　　　　　　　　　　　105

거대한 버남 숲*이 저 높은 던시네인 언덕**으로

그에 맞서서 다가오기 전에는.

　　　　　　　　　　　　　　　　　　(환영 3 내려간다.)

맥베스 그런 일은 절대 없을 것이다.

누가 숲을 징집할 것이며, 나무의 땅속 깊이 내린 뿌리를

---

* 버남 숲[Great Birnam Wood]: 스코틀랜드의 퍼스 인근에 자리한 숲으로, 극 중 맥베스의
운명과 깊은 연관이 있으며, 자연의 힘과 인간의 권력 간 갈등을 드러내는 상징적인 장소
이다.
** 던시네인 언덕[Dunsinane Hill]: 스코틀랜드의 퍼스 근처에 있는 언덕이며 맥베스의 성이
위치한 곳으로, 극의 결말에 큰 의미를 부여하는 장소이다. 이 장소는 맥베스의 권력과 패
배를 상징하며, 극의 긴장감을 높이는 중요한 배경이 된다.

뽑으라고 명령할 수 있단 말인가? 달콤한 예언이야, 좋아! 110
죽은 자들이여, 버남 숲이 일어나기 전엔
절대 일어나지 마라. 높은 자리에 계신 맥베스는
자연이 허락한 수명을 누리다 시간과 세상 이치 따라
숨을 거두겠노라. 하지만 한 가지만 더
알고 싶은 내 마음이 날뛰고 있으니 말해다오, 115
네 능력으로 그 많은 걸 알 수 있다면, 뱅쿼의 후손이
이 나라를 다스리게 될 것이냐?

모두 더 알려고 들지 마시게.

맥베스 그것만 알면 난 만족할 것이다. 이것을 거절한다면
너희들은 영원히 저주받을 것이다! 알려다오! 120

(가마솥이 가라앉는다. 오보에 소리)

솥이 왜 가라앉는 거지? 이게 무슨 소리냐?

마녀 1 보여 줘라!

마녀 2 보여 줘라!

마녀 3 보여 줘라!

모두 눈앞에 보여 주고, 마음에 고통을 안겨 주어라. 125
그림자처럼 와서 그림자처럼 떠나라.

여덟 명의 왕이 나타난다.

마지막 왕의 손엔 거울이 들려 있고, 그 뒤를 뱅쿼가 따른다.

맥베스 넌 뱅쿼의 망령과 너무 닮았어, 사라져라!

네 왕관이 내 눈알을 태우는 것 같다. 그리고 네놈 머리칼,

금관 쓴 이마는 첫 번째와 똑같군.

세 번째도 먼젓번 놈과 비슷해. ― 역겨운 마녀들아!   130

왜 이런 걸 보여 주는 거냐? ― 네 번째 놈도? ― 눈알 빠지

겠네!

이게 뭐지, 이 줄이 심판의 날까지 계속 이어질 셈인가?

또 있어? 일곱 번째냐? 더는 보지 않겠다.

거기에 또 여덟 번째까지 나타나 손에 거울 들고

더 많은 왕을 보여 주네. 몇몇은   135

두 개의 보주*와 세 개의 왕홀王笏**을 들고 있어.

끔찍한 환영이다. 이제야 알겠군, 모두 사실이었어.

피범벅이 된 뱅쿼가 날 보고 환하게 웃으며

제 자손이라고 손짓하고 있어.

(환영들 사라진다.)

---

* 두 개의 보주[Twofold balls]: 왕권을 상징하는 두 개의 보주(구체)를 의미한다. 보주는 왕권의 상징으로, 한 개는 잉글랜드, 다른 한 개는 스코틀랜드를 나타낸다.

** 세 개의 왕홀(王笏, Treble scepters): 세 개의 홀을 의미하며, 이는 왕권을 상징하는 홀로, 잉글랜드, 스코틀랜드, 그리고 아일랜드의 통치를 상징한다. '두 개의 보주'와 '세 개의 왕홀'에 대한 해석은 서로 다르지만, 셰익스피어는 제임스 1세 치하에서 이 극을 쓴 것으로 추정되며, 제임스 1세는 뱅쿼의 후손이라는 전설을 바탕으로 잉글랜드와 스코틀랜드를 통합한 첫 번째 왕이었다. 따라서 '두 개의 보주'와 '세 개의 왕홀'은 뱅쿼의 후손이 두 왕국을 통합하고, 세 왕국(잉글랜드, 스코틀랜드, 아일랜드)을 다스릴 운명을 상징하는 표현으로 이해하는 것이 일반적이다.

정말이냐?   140

마녀1 네, 모든 게 사실입니다. 그런데

맥베스 왕께서는 왜 그리 놀라시오?

자, 얘들아, 이분을 기쁘게 해 드리자.

최고로 즐거운 것을 보여 주자.

공기에 주문 걸어 구성진 가락을 뽑을 테니   145

너희는 환상적인 원무를 춰 봐라.

이 훌륭하신 왕을 우리가 정성스럽게 환대했노라,

친절히 말씀하시게 하자.

                                    (음악. 마녀들이 춤추고 사라진다.)

맥베스 어디 있지? 다 사라진 건가? 이 간악무도한 순간을

달력에 남겨 영원히 저주받게 하리라! ─   150

밖에 누구 없느냐?

레녹스 등장.

레녹스 폐하, 무슨 일이십니까?

맥베스 운명의 자매들을 보았소?

레녹스 못 보았습니다, 폐하.

맥베스 그대 옆을 지나가지 않았소?   155

레녹스 그런 일은 없었습니다, 폐하.

맥베스 그것들이 타고 가는 바람에 병독이나 퍼져라.

그것들을 믿는 자들에게도 저주가 내리기를! 분명히

말발굽 소리를 들었는데, 누가 왔소?

레녹스 맥더프가 잉글랜드로 도망쳤다는 소식을 전하러   160

두세 명이 달려왔습니다, 폐하.

맥베스 잉글랜드로?

레녹스 예, 폐하.

맥베스 (방백)

시간아, 내 무서운 위업을 미리 알아챈 모양이구나.

일순간 떠오르는 목표는 즉시 행동하지 않으면   165

절대 이룰 수 없는 법이노니, 바로 이 순간부터

내 처음 생각이

내 손의 첫 행동이 되리라. 지금이라도

생각과 동시에 결행하겠다.

내 생각이 행동으로 완성될 수 있도록.   170

맥더프의 성을 기습하여

파이프를 점령하고, 그자의 처자식과

핏줄을 이어받을 불행한 영혼들까지

칼날에 제물로 바치리라. 바보처럼 떠벌리지 마라.

이 생각이 식기 전에 바로 실행할 테다.   175

다신 그런 광경을 보고 싶지 않아. 그들은 어디 있나?

자, 어서 그들이 있는 곳으로 나를 안내하오.

(모두 퇴장.)

· 제2장 ·

맥더프 부인과 아들, 로스 등장.

맥더프 부인 그이가 무슨 일을 했기에 도망쳤다는 말입니까?

로스 부인, 참으셔야 합니다.

맥더프 부인 참을성이 부족했던 건 그이예요.

도망치다니 정신 나간 짓입니다. 행동하지 않아도

두려움 때문에 반역자로 낙인찍혔죠.   5

로스 도망친 게

지혜로워서였는지, 두려워서였는지 아직은 모르잖소.

맥더프 부인 지혜라고요? 처자식 두고

자기 집과 명예, 전 재산이 있는 곳을 버리고

혼자 달아났는데요? 우리에게 애정이 없는 겁니다.   10

그저 본능에 충실했을 뿐이죠. 가장 작은 새,

보잘것없는 굴뚝새조차 둥지에 있는

제 새끼를 지키려고 부엉이와 싸웁니다.

모든 것은 두려움뿐이고 사랑은 없어요,

지혜롭긴요! 지혜로운 사람이   15

도리에 맞지도 않게 도망을 쳐요?

로스 부인,

마음을 가라앉히세요. 하지만 남편에 관해 말씀드리자면,

고귀하고, 지혜롭고, 분별력이 있으며

시국 돌아가는 상황을 잘 아는 분이십니다. 더 말할 용기가   20

나지는 않지만,

무서운 세상입니다. 자신도 모르는 사이에

역적으로 몰리죠. 두려운 마음에

소문을 믿지만, 실상은 무엇이 두려운지도 모르고,

거칠고 사나운 바다 위를 떠다니며   25

사방에서 휘둘리고 있는 형국이지요. — 이만 가 봐야겠습니다.

하지만 머지않아 다시 돌아올 겁니다.

사태가 최악으로 치달으면 끝장이 나거나

다시 예전의 모습으로 되돌아가겠죠. — 귀여운 아가야,

복 많이 받거라!   30

맥더프 부인 그 애는 아버지가 있건만, 아비 없는 자식이나 다름없

습니다.

로스 이런, 어리석기는! 이 자리에 더 머물다가는

저도 부끄러운 꼴 보이고 부인께도 누가 될까 싶소.

이만 가 보겠습니다.

(로스 퇴장.)

맥더프 부인 얘야, 네 아버지는 죽었다.   35

이제 뭐 할래? 어떻게 살래?

아들 새들처럼 살아야지요, 어머니.

맥더프 부인 뭐, 벌레랑 파리나 잡아먹으면서?

아들 뭐든 손에 잡히는 대로요. 새들도 그러잖아요.

맥더프 부인 가엾은 새야! 넌 그물이나 끈끈이,   40

함정이나 올가미가 두렵지 않겠구나.

아들 뭐가 무서워요, 어머니? 가엾은 새들은

그렇게 붙잡힐 일이 없어요.

아버지는 안 죽었어요, 어머니가 뭐라 하시건.

맥더프 부인 아니, 죽었단다. 아버지 없이 어떻게 살 거냐?   45

아들 그럼, 어머니는 남편 없이 어떻게 할 거예요?

맥더프 부인 왜? 남편감이야 장터에 나가면 스무 명쯤은 살 수

있어.

아들 그러면 샀다가 다시 팔겠네요.

맥더프 부인 재치가 넘치는구나.

하지만, 아이답게 딱 그 정도만 하렴.   50

아들 아버지는 역적이었나요, 어머니?

맥더프 부인 어, 그렇다는구나.

아들 역적이 뭔데요?

맥더프 부인 그게, 맹세하고 거짓말하는 사람이야.

아들 그렇게 하면 다 역적이 되나요?   55

맥더프 부인 그렇게 하는 사람은 다 역적이고,

교수형에 처해야 해.

아들 맹세하고 거짓말하는 사람은 다 목을 매달아야 해요?

맥더프 부인 모두 다.

아들 누가 목을 매달아요? 60

맥더프 부인 정직한 사람들이.

아들 그럼 거짓말쟁이와 맹세하는 이들은 다 바보네. 왜냐하면
정직한 사람들을 무릎 꿇리고 그들 목을 매달 만큼
거짓말쟁이와 맹세하는 사람은 아주 많으니까요.

맥더프 부인 하느님이 널 도우셔야겠구나, 가엾은 녀석! 그런데 65
아버지가 안 계셔서 어떡할래?

아들 아버지가 죽으면 어머니는 울겠죠. 어머니가 울지 않으면
그건 나한테 곧 새아버지가 생길 거라는
좋은 징조예요.

맥더프 부인 가엾은 혀짤배기, 정말 잘도 재잘대는구나! 70

사자使者 등장.

사자 마님께 신의 가호가 있기를! 마님은 잘 모르시겠지만
저는 마님의 높은 신분을 잘 압니다.
마님께 위험이 닥쳐올까 심히 염려됩니다.
이 미천한 자의 충고를 받아 주신다면,
여기 있지 마시고 아이들과 함께 떠나십시오. 75
이렇게 마님을 놀라게 하는 것조차 잔인한 일이라 생각하지만
이보다 더한 것은 잔혹한 폭력인데,
그 위험이 바로 턱밑까지 다가오고 있습니다. 하늘이여,

두 사람을 지켜 주소서!

저는 더 지체할 수 없습니다.   (사자 퇴장)   80

맥더프 부인 어디로 도망치지?

몹쓸 짓은 해 본 적이 없다. 하지만 이제 생각해 보니

내가 사는 이승에서는 몹쓸 짓을 해도

칭찬받고, 때로는 착한 일이

위험하고 어리석은 짓으로 치부되기도 한다. 그렇다면,   85

아, 난 왜 몹쓸 짓은 하지 않았노라고

여자의 변명을 하는 걸까?

자객들 등장.

이 사람들은 뭐지?

자객 남편은 어디 있느냐?

맥더프 부인 너희 같은 놈들에게 발각될 만한   90

불경한 곳에는 없길 바란다.

자객 그자는 역적이야.

아들 거짓말 마. 이 털북숭이 악당아!

자객 뭐야, 요놈이!

(칼로 찌르며) 배신자의 새끼가!   95

아들 이놈이 날

죽여요, 어머니!

어서 달아나세요.

(맥더프 부인, "살인이다!" 외치면서 퇴장. 자객들이 뒤를 쫓는다.)

· 제3장 ·

맬컴과 맥더프 등장.

맬컴 어디 아무도 없는 그늘진 곳을 찾아서

슬픈 마음 비워 낼 때까지 실컷 울어 봅시다.

맥더프 그보다는

목숨을 건 검을 꽉 붙들고, 의로운 사람답게

쓰러진 조국을 위해 일어섭시다.   5

매일 아침 새 과부들이 통곡하고,

새 고아들이 울부짖고, 새 슬픔이 하늘을 사정없이 때리니

하늘마저 스코틀랜드의 고통을 느끼며

비통한 울음소리를 내는 것 같습니다.

맬컴 믿는 것엔 통곡하고,   10

아는 건 믿고, 바로잡을 수 있는 건

신뢰가 두터워지면 나설 것이오.

당신 말이 맞을지도 모르겠소.

이름만 입에 올려도 혀가 타는 이 폭군도

한때 충직한 사내라고들 했으니. 당신은 그를 아주 좋아했지요.   15

그는 아직 당신을 건드리지 않았소. 나는 젊지만

나를 활용해 그에게서 챙길 게 있을지도 모르죠.

노한 신을 달래기 위해

연약하고 순한 죄 없는 양을 바치는 것도

지혜일 수 있으니까요.   20

맥더프 저는 배신은 안 합니다.

맬컴 하지만 맥베스는 하지요.

선하고 고결한 본성도 제왕의 절대 권력 앞에서는

굴복할 수 있습니다.

하지만 용서를 구해야겠소.   25

내 생각만으로 당신의 본성을 바꾸진 못할 테니.

가장 빛나던 천사*가 타락해도 천사들은 여전히 밝게 빛나지요.

추악한 모든 것이

고결함을 가장하려 해도

진정한 고결함은 항상 본래의 참모습을 잃지 않습니다.   30

맥더프 저는 희망을 잃었습니다.

맬컴 어쩌면 그 점 때문에 내 의심을 샀을 수도 있어요.

---

* 가장 빛나던 천사: 루시퍼를 상징하며, 종종 타락한 천사 또는 사탄으로 묘사된다. 원래 하나님께 가장 사랑받던 천사였으나 자아를 과대평가하여 하나님에게 맞서려 하다가 타락하여 악의 상징이 되었다. 이 구절은 선과 악의 대립을 암시하고, 선한 존재조차 타락할 수 있음을 경고한다.

어찌 그렇게 위험한 상황에서 처자식을 두고 떠나신 거요?

그 소중한 사람들을, 그 강한 사랑의 매듭을

작별 인사도 없이? 부디, 내 의심이   35

당신의 명예를 더럽히지 않기를 바라오.

내 안전을 지키기 위함이니. 내가 어떻게 생각하든,

당신은 올곧은 분일지도 모르니까.

맥더프 피 흘려라, 가련한 조국이여!

무자비한 폭정이여, 뿌리를 확고히 내려라.   40

그 어떤 미덕도 너를 막을 수 없으니.

무서운 악행을 저지르고 살아라.

너의 지위는 공고하다. ― 안녕히 계십시오.

저는 왕자님이 생각하는 그런 악인은 되고 싶지 않습니다.

그 목적이 저 폭군이 차지한 모든 영토와   45

풍요로운 동방을 손에 넣기 위함이어도.

맬컴 섭섭해 마시오.

당신을 불신해서 하는 말은 아닙니다.

나 또한 조국이 폭정의 멍에에 눌려 가라앉고,

울며, 피 흘리고, 날마다 새로운 상처가   50

깊은 상처에 덧나는 것을 보고 있습니다. 한편으로는

내 편에서 손들어 줄 사람이 있으리라 믿고 있소.

더욱이 여기 은혜로운 잉글랜드에서

수천 명의 병력 지원을 약속받았소. 하지만, 이에도 불구하고,

내가 저 폭군의 머리를 짓밟거나   55

칼에 걸어 두더라도, 불쌍한 내 조국은

다음 왕위에 오르는 자에 의해

이전보다 더 많은 악행에 시달리고,

더 큰 고통이 여러 방식으로 찾아올 것이오.

맥더프 다음 왕위에 오르는 자, 누구 말씀이십니까?   60

맬컴 나 자신을 말하는 것이오. 내 안에는

온갖 악덕들이 깊이 뿌리박혀서

그것들이 만개하면 시커먼 맥베스조차

눈처럼 순결해 보일 것이고, 불쌍한 조국은

한계를 모르는 나의 해악과 비교하며   65

그를 한 마리 양처럼 받들 것이오.

맥더프 저 끔찍한 지옥

악의 무리 가운데서도 맥베스는

가장 악랄한 악마일 겁니다.

맬컴 나 역시 그가 잔인하고   70

호색한이며, 탐욕스럽고, 거짓되고, 부정직하고,

성급하며, 사악하고, 온갖 악행의 냄새를

풍긴다는 것을 인정하오. 하지만 내 색욕에는 끝이 없소.

바닥을 전혀 알 수 없단 말이오. 누구의 아내든, 딸이든,

기혼녀든, 처녀든 전부 다 불러 모아도 내 욕망의 그릇을   75

채울 수 없소. 그리고 내 욕망은

내 의지를 거스르는 모든 제약을

이겨 낼 것이오. 그린 자가 통치하는 것보다는

맥베스가 나을 거요.

맥더프 무절제한 방종은   80

그 본질이 폭정과 같습니다. 그것은 행복한 옥좌를

때 이른 시기에 비워 놓았고, 수많은 왕을

몰락하게 한 원인이었습니다. 하지만 아직은

자기 몫을 찾는 걸 두려워하지 마십시오. 풍요로운 쾌락을

한바탕 즐기고도   85

냉정하게 보일 수 있습니다. ― 시간은 그렇게 속일 수 있지요.

따르는 여자들은 차고 넘칩니다.

하지만 높으신 분의 뜻을 알고

기꺼이 몸을 바치려는 여자들을

모조리 탐하실 리 없겠지요.   90

맬컴 그뿐만이 아니오.

그칠 줄 모르는 탐욕이

나의 가장 왜곡된 감정 속에서 자라나, 내가 왕이 된다면

귀족들을 죽여서라도 영지를 빼앗고,

이자의 보석, 저자의 집을 탐낼 것이며,   95

가질수록 욕심은 입맛을 돋우는 양념처럼

더 큰 욕망을 불러일으킬 것입니다. 그러면 난 선하고

충성스러운 자들에게 불의한 싸움을 걸어

그들의 재산을 빼앗고 파멸시킬 것이오.

맥더프 그러한 탐욕은   100

여름 한철 반짝 타오르는 욕망보다 더 깊이 박혀

치명적인 뿌리로 자라납니다. 그리고 그것은

왕들의 목을 친 칼이 되었지요. 하지만 두려워 마십시오.

스코틀랜드에는 왕자님의 염원을 이뤄 줄

풍부한 자원이 있습니다. 그 밖에 다른 미덕을 고려할 때   105

충분히 이 모든 것을 감당할 수 있을 것입니다.

맬컴 하지만 나에겐 그런 게 하나도 없소. 왕에게 어울리는

정의감, 진실성, 절제, 안정감,

관대함, 끈기, 자비로움, 겸손함,

경건함, 인내심, 용기,   110

불굴의 정신 같은 미덕은 찾아볼 수도 없고,

오히려 온갖 죄악을 구분하여 여러 면모로

몹쓸 짓을 저지르고 있소. 만약 내가 권력을 쥐면

화합의 달콤한 젖을 지옥에 쏟아 버리고,

세상의 질서를 어지럽혀서 지상의 모든 조화를   115

깨트리고 말 것이오.

맥더프 오, 스코틀랜드여!

맬컴 이런 사람이 다스릴 만한 자격이 있다면 말씀하시오.

난 내가 말한 그대로요.

맥더프 다스릴 만한 자격이 있는가?   120

아니, 살아서도 안 됩니다. ─ 오, 비참한 나라여,

자격 없는 폭군이 피 묻은 왕홀을 쥐었으니

언제 다시 좋은 시절을 볼 수 있으리오?

왕좌의 진정한 후손이

자기 권리를 부정하고 저주를 퍼부으며   125

존귀한 혈통을 모독하고 있지 않은가? ─ 왕자님의 부왕께서는

성군이셨습니다. 왕자님을 낳으신 왕후께서는

서 계실 때보다 무릎 꿇은 때*가 더 많았고,

날마다 살면서 죽어 갔습니다.** 안녕히 계십시오!

왕자님께서 거듭 말씀하신 그 죄악들 때문에   130

저는 스코틀랜드를 떠납니다. ─ 오, 내 가슴아,

이제 희망도 사라졌도다!

맬컴 맥더프, 정직의 소산인

그 고귀한 열의가 내 마음의 검은 의혹을

말끔히 걷어 냈고, 그대의 진실성과 명예를   135

받아들이도록 했소. 악마 같은 맥베스가

갖가지 계략을 꾸며 나를 그의 손아귀에

넣으려 하였기에, 신중히 행동하고자

---

* 무릎 꿇은 때: 무릎을 꿇는 행위는 여러 해석이 가능하지만, 일반적으로 낮은 자세로 삶을 대하는 겸손함, 또는 기도를 통해 신께 도움을 구하는 경배와 복종의 의미를 나타낸다.
** 날마다 살면서 죽어 갔습니다: 이 문장은《고린도전서》15장 31절의 "나는 날마다 죽노라."와 유사하게 왕후가 매일의 삶에서 끊임없이 고통과 희생을 감내했음을 내포하고 있다.

지나치게 믿고 서두르려는 마음을

붙들고 있었습니다. 그러나 하늘에 계신 신께서　　　　　　　140

그대와 나 사이의 올바름을 가려 주시길. 왜냐하면 지금부터

라도

그대의 인도에 나 자신을 맡기고

내가 스스로 깎아내렸던 말을 철회하며,

내 본성에 어울리지 않는 비난과 흠결을

이 자리에서 버리겠소. 난 아직　　　　　　　　　　　　　145

여자를 모르고, 맹세를 저버린 적 없었고,

내 것조차 탐해 본 일이 거의 없으며,

언제나 신의를 지켰소. 악마라 할지라도

다른 악마에게 팔아넘기지 않을 것이며, 진실을

내 생명만큼이나 소중히 여기고 기뻐할 것이오. 내 첫 거짓말은　　150

지금 날 두고 한 이 발언이었소. 내 참모습은

당신과 내 불쌍한 조국의 명령을 따르는 것이오. ─

사실은 장군이 여기 오기 전에

시워드 경이 용맹한 전사 만 명을 이끌고 이미 출발했소.

우리가 합류하면 선함을 실현할 가능성은　　　　　　　　155

이 싸움의 정당성처럼 확실할 거요. 왜 말씀이 없으신가요?

맥더프 이처럼 반가운 일과 나쁜 일을 한꺼번에

받아들이기가 벅차서 그렇습니다.

잉글랜드 시의(侍醫) 등장.

맬컴 나중에 좀 더 논의합시다.

폐하께서 오십니까?   160

시의 네, 왕자님. 폐하의 치료를 기다리는

한 무리의 영혼들이 있습니다. 그들의 질병은

의술의 한계를 넘어서는 것이지만, 폐하의 손길이 닿으면

(하늘이 폐하의 손에 내려 주신 성스러운 힘 덕분에)

곧바로 완쾌되죠.   165

맬컴 고맙소, 시의.

(시의 퇴장.)

맥더프 무슨 병을 말하는 겁니까?

맬컴 연주창*이라는 병입니다.

내가 여기 잉글랜드에 머문 이래로

이 어진 왕께서 기적을 행하는 것을   170

여러 차례 보았습니다. 하늘에 어떻게 호소하는지는

그분께서 가장 잘 아시겠으나 이상한 병마에 시달리는 사람들,

온통 붓고 궤양에 걸려 보기에도 딱하고

---

* 연주창(連珠瘡, King's evil): 결핵균에 의한 질병으로 림프샘의 결핵성 부종인 갑상샘종이
헐어서 터진 부스럼을 일컫는 용어로, 중세와 르네상스 시기에는 왕이 신성한 권위를 통해
병을 치료할 수 있다고 믿었다. 이는 왕이 손을 대면 병이 낫는다는 신성 치료의 개념을 반
영한다.

의술로도 가망 없는 사람들을 왕께서는 고치십니다.

그들의 목에 금화를 걸어 주고   175

경건한 기도를 드리시죠. 그리고 전해 듣자니,

왕위 계승자에게도 이 치유의 축복을

물려주신다고 합니다. 이 신묘한 능력과 더불어

하늘이 내려 준 예언력도 있으시고,

왕좌가 갖가지 축복에 둘러싸여 있으니   180

은총이 충만하신 분입니다.

로스 등장.

맥더프 누가 이리로 오는군요.

맬컴 스코틀랜드 사람인 거 같은데, 누군지 모르겠소.

맥더프 언제나 품위 있는 사촌이여, 어서 오시오.

맬컴 이제 알아보겠소. 오, 선하신 신이여,   185

　제발 속히 우리를 멀어지게 한 걸림돌을 제거해 주소서!

로스 그렇게 되기를 바라나이다, 왕자님!

맥더프 스코틀랜드는 여전합니까?

로스 아, 불쌍한 나라!

　그 실상을 알기도 두려울 지경입니다. 이제는 도저히   190

　모국이라 부를 수조차 없는 무덤이 되어 버렸소. 그곳에선

　아무것도 모르는 자가 아니고선 웃을 수 없고,

탄식과 신음, 하늘을 찢는 비명이

터져 나와도 거들떠보는 이 하나 없으며, 격렬한 슬픔도

새롭게 경험하는 극단적 광희狂喜처럼 느껴지기만 하는구려.　195

어디서 곡하는 소리가 들려도 누구 장례인지 묻지 않고,

선량한 사람들의 목숨이 모자 위의 꽃보다 더 빨리 시들어

병들기도 전에 죽어 가고 있습니다.

맥더프 오, 너무 가혹하지만 어김없는 사실이오!

맬컴 근래 가장 큰 슬픔은 무엇이오?　200

로스 한 시간 전에 겪은 슬픔은 이제 조롱거리일 뿐입니다.

　매 순간 새로 생겨나니까요.

맥더프 제 아내는 어떻습니까?

로스 잘 있소, 그럴 거요.*

맥더프 애들은요?　205

로스 역시 잘 있을 거요.**

맥더프 이 폭군이 그들의 화목을 위협하지는 않았습니까?

로스 아, 내가 떠나올 때까지는 평온했소.

맥더프 말 아끼지 말고 시원스레 얘기해 주시오. 상황이 어떻소?

로스 내가 무거운 소식 짊어지고　210

---

* 원문은 "Why, She's well."이다.
** 원문은 "Well, too."이다. 원문의 'Well'은 '천국에서 평안히 쉰다.'라는 의미를 내포하고 있는 것으로 해석될 수도 있다. 이는 로스가 비극적인 소식을 전하기를 원치 않기에 모호하게 대답한 것으로 이해해 볼 수 있다.

이곳으로 왔을 때, 풍문으로 듣자니

여러 명망 있는 인사들이 떠났다고 하더군요.

그 말에 신빙성이 있다고 보는 이유는

폭군의 군대가 이동하는 것을 보았기 때문입니다.

지금이야말로 도울 때요. 왕자님의 모습을 보면   215

스코틀랜드의 군사들도 다시 일어나고, 여자들도

끔찍한 고통을 떨쳐 내려 싸울 것입니다.

맬컴 우리가 갈 것이니

안심하라 이르시오. 자비로우신 잉글랜드 왕께서

시워드 경과 일만의 병사를 보내 주셨는데,   220

기독교 국가를 통틀어

그보다 더 노련한 명장은 다시 없을 것이오.

로스 이 안도의 말씀에 기쁜 소식으로

화답할 수 있다면 좋으련만. 하지만 저에게는

아무도 듣는 사람 없는 사막의 허공에 대고   225

울부짖어야 할 소식이 있습니다.

맥더프 무슨 소식이오? 그것이 ―

공통 관심사인가요? 아니면

한 사람의 품에 안고 가야 할

개인적인 슬픔인가요?   230

로스 정직한 사람이라면

누구라도 비통한 마음을 함께 나누겠지만, 가장 큰 고통은 장군께서 홀로 짊어져야 할 몫이오.

맥더프 내 얘기라면

　　숨기지 말고 빨리 알려 주시오.　　　　　　　　　　　235

로스 부디 당신 귀가 제 혀를 영원히 경멸하지 말기를 바라오.

　　한 번도 들어 본 적 없는 가장 무거운 소식을

　　전해 드리려 하니.

맥더프 음! 이미 짐작하고 있소.

로스 장군의 성이 기습당해 부인과 아이들이　　　　　　　240

　　잔인하게 학살되었소. 그 참상을 이야기하는 것은

　　이미 죽임당한 사냥감 위에

　　당신의 죽음을 더 얹는 격이 될 것입니다.

맬컴 아, 하늘이시여!―

　　어찌하여 그대는 모자를 깊숙이 눌러쓰고 계시는가!　　245

　　슬픔을 토해 내시오! 말하지 못한 슬픔은

　　그 비통함에 눌린 가슴을 찢어 놓으라 속삭일 겁니다.

맥더프 아이들도?

로스 부인과 아이들, 하인들, 발각된 자는 전부 다.

맥더프 내가 과연 그곳을 떠나야 했던 것인가! 내 아내도 살해

　　됐소?　　　　　　　　　　　　　　　　　　　　250

로스 그렇다고 말하였소.

맬컴 마음을 다잡으세요.

　　우리의 위대한 복수를 약으로 삼아

이 치명적인 슬픔을 치유합시다.

맥더프 그에겐 자식이 없잖소. ― 내 귀여운 것들을 다?   255

전부 다라고 하였소? ― 오, 지옥의 독수리여! 전부 다라고?

내 귀여운 병아리들과 그 어미를

일거에?

맬컴 남자답게 맞서 싸우시오.

맥더프 그리할 것이오.   260

하지만 나도 한 남자로서 이 슬픔을 느껴야만 하겠소.

내게 그토록 소중한 존재가 있었음을

잊을 수가 없습니다. ― 하늘은 내려다보면서

그들 편에 서지 않았단 말인가? 죄 많은 맥더프,

너 때문에 몰살당했다! 나란 인간 때문에,   265

그들이 잘못해서가 아니라 내 죄가

그들을 죽음으로 내몰았다. 이제 하늘에서 편안히 잠드소서.

맬컴 이 원한을 장군의 칼을 가는 숫돌로 삼고,

비탄을 분노로 바꾸시오. 마음을 무디게 하지 말고 분노로

채우십시오.

맥더프 아, 눈으로는 여자처럼 울면서   270

혀로는 떠벌릴 수도 있을 겁니다. 그러나 하늘이시여,

모든 장애물을 제거해 주소서. 한시바삐 저 스코틀랜드 악마

와 나를

정면으로 맞붙게 하소서.

제 칼끝에 그놈을 세워 주시되, 그자가 용케 살아남는다면

하늘이 그에게도 자비를 베푸시기를!   275

맬컴 사내다운 기백이 느껴지오.

자, 폐하께로 갑시다. 우리 군은 준비되었으니

남은 것은 작별 인사*뿐이오. 맥베스를

흔들어 놓을 최적의 순간이 다가왔소. 하늘의 천사들도

무장을 갖추고 우리를 지원해 줄 거요.   280

기운 내십시오.

아침이 오지 않는 긴 밤은 지치고 괴롭기 마련이오.

(모두 퇴장)

---

* 작별 인사: 잉글랜드 왕과의 작별을 나타내며 그들의 결단을 의미한다. 이는 잉글랜드와
의 전투를 위해 함께 할 결심을 다지는 행위로, 단순한 인사 이상의 깊은 의미를 지닌다. 이
러한 작별은 새로운 시작을 위한 다짐을 상징하며, 앞으로의 전투에서의 결의와 힘을 불어
넣는다.

제5막

· 제1장 ·

맥베스 부인의 시의와 시녀 등장.

시의 이틀 밤을 지켜보았으나
　보고한 내용이 사실인지는 알 수가 없소이다.
　마지막으로 잠결에 걸어 다니신 게 언제였지요?
시녀 폐하께서 전장에 나가신 이후로,
　침상에서 일어나 잠옷을 걸치시고,　　　　　　　　　5
　장롱을 열어 종이를 꺼내신 후
　접어서 그 위에 무언가를 쓰시고, 읽으신 다음, 봉인하고 나서
　다시 침상으로 돌아가시는 걸 보았습니다. 그런데 이 모든 일을
　하시는 동안 마마는 깊은 잠에 빠져 계셨습니다.
시의 잠의 혜택을 누리시면서　　　　　　　　　　　　　10
　깨어 있을 때처럼 행동하신다니
　정신적으로 큰 문제가 있는 것이오. 수면이 불안한 상태에서

걷는다거나 여러 행동을 하시는 것 외에

무슨 말씀을 들은 적은 없었소?

시녀 그것만은   15

입을 다물렵니다.

시의 내게는 할 수 있소. 그리고

그렇게 하는 게 마땅하오.

시녀 시의뿐만 아니라 그 누구에게도 말 못 합니다.

제 말을 보증할 증인이 없으니까요.   20

맥베스 부인, 촛불을 들고 등장.

보세요. 이리로 오십니다. 딱 저런 모습이에요. 그리고

맹세코 깊이 잠들어 계십니다. 여기 바싹 붙어서 잘 지켜보세요.

시의 저 촛불은 어떻게 들고 나오셨을까?

시녀 그야 옆에 있었으니까요. 항상 곁에 켜 두고 계신답니다.

그렇게 분부하셨어요.   25

시의 봐요, 눈을 뜨고 있소.

시녀 아, 하지만 감각이 닫힌 듯 아무런 반응이 없어요.

시의 지금 무얼 하고 계신 거요?

보시오, 손을 싹싹 비비고 계시는군요.

시녀 저렇게 손을 씻는 것 같은 동작은   30

익숙한 행동이에요. 제가 알기로는

십오 분 동안이나 저러고 계신 적도 있어요.

맥베스 부인 아직도 여기에 얼룩이 있네.

시의 쉿! 말을 하고 계셔. 하시는 말씀을

　　적어 두어야겠소.　　　　　　　　　　　　　　　　35

　　잊지 않도록.

맥베스 부인 없어져라, 이 저주받은 얼룩! 없어지란 말이야! 하나. 둘.

　　그럼, 이젠 그 일을 단행할 시간이다. 지옥은 캄캄해.

　　저런, 여보, 장군이 겁을 내요? 뭐가 두려워요?

　　누가 안다고? 우리의 권력을 문제 삼을 자가 어디 있다고?　　40

　　하지만 그 노인네 몸에 그렇게도 피가 많을 줄

　　누가 알았겠어요?

시의 저 말 들었소?

맥베스 부인 파이프 영주에게 아내가 있었는데, 지금 어디에 있지?

　　뭐야, 이 손은 영원히 깨끗해지지 않는 건가? 그만해요, 여보.　　45

　　그만하세요. 자꾸 그렇게 놀라고 불안해하면

　　모든 걸 망칠 수 있어요.

시의 그만, 그만. 당신은 알아서는 안 될 것을

　　알아 버렸군요.

시녀 해서는 안 될 말씀이었습니다. 그 점은 확실해요.　　50

　　무엇을 알고 계시는지는

　　하늘만이 알겠죠.

맥베스 부인 아직도 여기에 피 냄새가 남아 있어.

아라비아의 온갖 향수를 다 쏟아부어도 이 작은 손을

향기롭게 만들 수 없겠지. 오! 오! 오!   55

시의 이 얼마나 깊은 한숨인가!

마음이 무겁게 짓눌려 있구나.

시녀 저런 큰 고통은 짊어지고 싶지 않아요.

아무리 고귀한 명예가 따른다 해도.

시의 참, 그럴 만도 하구려.   60

시녀 제발 나으시면 좋겠어요.

시의 이 병은 내 손으로 치료할 수 없소. 그렇긴 해도,

잠을 자면서 걸어 다니던 사람들이

침대에서 평화롭게 생을 마감하기도 한다오.

맥베스 부인 손 씻고 잠옷을 입으세요.   65

그렇게 하얗게 질린 얼굴로 날 보지 말아요. 다시 말하지만,

뱅쿼는 묻혔어요. 무덤에서 걸어 나올 수 없어요.

시의 정말 그랬다고?

맥베스 부인 자러 가요. 어서 자러 가. 누가 문을 두드려요.

자, 자, 자, 자. 손을 쥐요. 이미 일어난 일은   70

되돌릴 수 없어요.

자러 가요, 자러 가, 자러 가야 해요.

(맥베스 부인 퇴장.)

시의 이제 주무시러 가는 겁니까?

시녀 네, 바로요.

시의 불길한 소문이 떠돌고 있소. 이치에 어긋나는 행위는   75
알 수 없는 고통을 유발하기 마련이지요. 마음이 병든 자들은
귀먹은 베개에라도 비밀을 토해 내고 말 것이오.
왕비님께서는 의사보다 신의 도움이 절실하오.
하느님, 저희 죄를 사하소서. 왕비님을 잘 돌보시오.
상처 입힐 만한 모든 수단을 제거하고   80
왕비님한테서 눈을 떼지 마시오. 그럼, 잘 주무시오.
내 마음과 눈이 어지럽소이다.
생각은 있으나 입 밖으로 꺼내기엔 두렵구려.
시녀 안녕히 주무십시오.

(모두 퇴장)

· 제2장 ·

북과 깃발. 맨티스, 케이스니스, 앵거스,
레녹스와 병사들 등장.

맨티스 맬컴과 그의 숙부 시워드, 그리고 훌륭한 맥더프가 이끄는
잉글랜드 군대가 가까이에 있다고 합니다.
그들은 복수심에 불타고 있소. 고귀한 대의를 위해서라면
무력한 자라도 전장의 피비린내에

분노로 일어설 것이오.　　　　　　　　　　　　　　5

앵거스 버남 숲 근처에서 만날 거요.

　　그쪽으로 오고 있으니까.

케이스니스 도널베인이 형과 함께 있는지 누가 아시오?

레녹스 그분과 함께 있지 않은 건 확실합니다. 내게 합세한 귀족들

　　명부가 있는데, 시워드 장군의 아들과　　　　　　　　10

　　이제 막 성년임을 선언한

　　수염도 안 자란 젊은이들이 많이 있습니다.

맨티스 폭군은 무얼 하오?

케이스니스 던시네인 성을 강화하고 있소.

　　어떤 이들은 미쳤다고 말하고, 미움이 덜 박힌 이들은　　15

　　이를 두고 용감한 광기라고 부르더이다. 하지만 분명한 것은,

　　불안정하고 혼란스러운 상황을

　　통치의 허리띠로 꽉 졸라맬 수가 없다는 겁니다.

앵거스 이제 자기 손에 딱 붙은

　　숱하게 저지른 은밀한 살인의 흔적이 느껴질 것이오.　　20

　　지금 끊이지 않는 반란이 그의 배신을 호되게 질책하고 있소.

　　그의 수하들은 명령대로만 움직일 뿐,

　　충성심은 없소이다. 지금에야 그는 자신의 칭호가

　　제 몸에 너무 크다는 걸 느낄 겁니다. 난쟁이 도둑놈이

　　거인의 옷을 걸친 듯이 말이오.　　　　　　　　　　25

맨티스 그 누가 비난할 수 있겠소?

모든 감각이 괴로움을 이기지 못해 움찔하고
놀라는 것을 말이오. 온몸이 그 자리를 지키고 있는
자기 자신을 질책하고 있지 않소?

케이스니스 자, 진군합시다.   30

마땅히 바쳐야 할 곳에 충성을 다합시다.

병든 이 나라를 치유해 줄 그분을 맞이하여

모두 함께 이 나라를 정화하기 위해

마지막 피 한 방울까지 남김없이 쏟읍시다.

레녹스 혹은, 피를 흘립시다.   35

군주의 꽃을 촉촉이 적셔 주고 잡초를 삼켜 버릴 만큼의 피를.

버남을 향하여 진군합시다.

(진군하며 모두 퇴장)

· 제3장 ·

맥베스, 시의 및 시종들 등장.

맥베스 보고는 그만 가져와. 다들 도망치라고 해.

버남 숲이 던시네인 언덕으로 움직이기 전까지

난 겁먹지 않아. 그 애송이 맬컴이 뭐 대수라고?

그자도 여자가 낳지 않았더냐? 모든 인간의 운명을 아는

134

망령들이 분명히 말했다.   5

"두려워 마시오, 맥베스. 여자의 뱃속에서 태어난 자는

너를 해칠 수 없다." 그러니 도망쳐라,

불충한 영주들아.

쾌락이나 좇는 잉글랜드 놈들과 어울려라.

내가 지배하는 정신과 나를 떠받치는 심장은   10

결코 의심으로 무너지거나 두려움에 움츠러들지 않아.

                        하인 등장.

악마야, 이 얼간이, 이놈의 희멀건 낯짝이 새카매지도록 저주

를 내려라.

  그 거위 같은 얼굴은 어디서 주워 왔느냐?

하인 저기에 일만의 —

맥베스 거위라고, 이놈아?   15

하인 병사들입니다, 폐하.

맥베스 네 낯짝이나 찔러서 두려움을 피로 감춰라.

  이 졸보야. 무슨 군대냐, 이 멍청한 자식아?

  넋이나 나가라. 핏기 없이 창백한 네놈 낯빛 때문에

  두려움이 고개를 든다. 대체 무슨 군대냐, 이 백지장아?   20

하인 잉글랜드군입니다, 폐하.

맥베스 그 얼굴 좀 치워라.   (하인 퇴장.)

세이튼! — 속이 썩는다

네 모습을 보니. — 세이튼, 없느냐! — 이 싸움은

항상 날 기쁘게 하거나 당장 날 권좌에서 끌어내릴 것이다.   25

난 살 만큼 살았다. 내 삶은 메말라 버렸고,

잎은 노랗게 시들어 가고 있으며,

노년에 따라야 할 명예, 사랑, 복종, 우정을 나눌 친구들까지

기대할 수 없게 되었다. 그러기는커녕

나직하지만, 한 맺힌 저주와 빈 껍데기에 불과한 명예,   30

공허한 찬사만이 떠돌고 있으니

마음 깊이 부인하고 싶으나

감히 물리칠 수도 없구나.

— 세이튼!

세이튼 등장.

세이튼 부르셨습니까?   35

맥베스 새로 들어온 소식은?

세이튼 보고된 내용은 사실로 확인되었습니다, 폐하.

맥베스 난 끝까지 싸운다. 이 살점이 뼈에서

   다 떨어져 나갈 때까지. 갑옷을 가져오너라.

세이튼 아직은 필요 없습니다.   40

맥베스 입겠다니까.

기병을 더 내보내 이 나라를 샅샅이 뒤져라.

두려움을 말하는 자들은 전부 목을 매달아라.

갑옷을 가져오게. ―

환자는 상태가 어떤가, 시의? 45

시의 병환은 깊지 않으시나,

끊임없이 밀려드는 상념들이

잠을 방해하여 휴식을 취하지 못하십니다.

맥베스 그것을 고쳐 주오.

그대는 병든 마음을 치유할 수 없느냐? 50

기억 속에 깊이 뿌리 내린 슬픔을 뽑아내고,

뇌리에 새겨진 고통을 지우고,

달콤한 망각의 해독제로 왕비의 심장을 짓누르는

아주 위험한 것들을 깨끗이 제거하여

가슴속을 시원하게 뚫어 줄 수 없다는 것이냐? 55

시의 마음의 문제는

환자가 스스로 치유해야 합니다.

맥베스 의술은 개한테나 던져 줘라. 난 그딴 건 필요 없다. ―

자, 갑옷을 입혀라. 내 검 이리 다오.

(시종들이 맥베스를 갑옷으로 무장한다.)

세이튼, 기병을 내보내. ― 시의, 영주들이 60

달아나고 있소. ― 자, 서둘러.

― 시의, 그대가 이 나라의 오줌을

검사하여 병을 찾아내고* 정화하여

본래의 건강한 상태로 되돌릴 수만 있다면,

내가 찬사를 보낼 것이니 그 찬사가   65

다시 메아리처럼 울려 퍼질 것이다. — 그건 벗기라니까**.

— 대황이든 센나***든 뭐든 잉글랜드 놈들을 싹 쓸어 낼

설사약은 없소?

소문은 들었느냐?

시의 예, 폐하께서 전쟁 준비를 하셔서

　　듣는 바가 있습니다.

맥베스 그건 가지고 따라와. —

　　난 죽음도 파멸도 두렵지 않다.

　　버남 숲이 던시네인 언덕으로 올 때까지.

시의 (방백) 던시네인을 떠나 자유로운 몸이 된다면

　　나를 다시 이곳으로 돌아오게 할 만한 유익은 없으리라.

(모두 퇴장.)

---

* 오줌을 검사하여 병을 찾아내고: 셰익스피어가 활동하던 시대에는 소변을 통한 진단이
일반적이었다. 의사들은 환자의 소변을 분석하여 건강 상태를 평가하고 질병의 원인을 찾
는 관행을 가졌으며, 이는 건강과 신체 상태를 평가하는 중요한 방법으로 사용되었다.
** 그건 벗기라니까: 갑옷의 일부, 혹은 투구나 다른 무기로 추정된다.
*** 대황, 센나: 대황과 센나 모두 설사약이다.

· 제4장 ·

북과 깃발. 맬컴, 시워드, 맥더프,

시워드의 아들, 맨티스, 케이스니스, 로스, 행진하는 병사들 등장.

맬컴 여러분, 우리의 잠자리가 편안해질 날이

　　머지않았기를 바라오.

맨티스 의심의 여지가 없습니다.

시워드 우리 앞에 있는 건 무슨 숲이오?

맨티스 버남 숲입니다.　　　　　　　　　　　　　　　　5

맬컴 모든 병사가 나뭇가지를 잘라서

　　각자 앞에 들게 하시오. 그리함으로써

　　아군의 병력을 감춰 적군이 보고할 때

　　실수를 범하게 할 수 있을 것이오.

병사 그렇게 하겠습니다.　　　　　　　　　　　　　　10

시워드 우리가 아는 바는 저 자신만만한 폭군이

　　던시네인 성에서 여전히 버티며 우리의 공격을

　　견뎌 낼 것이란 것뿐이오.

맬컴 그게 그의 가장 큰 희망이죠.

　　왜냐하면 조금이라도 유리한 여건이 주어지면　　　15

　　위아래 할 것 없이 그에게 반기를 들 것이고

　　남아 있는 자들도 억지로 붙어 있는 것이지,

마음은 이미 한참 전에 떠났다오.

맥더프 올바른 판단임을

결과로 보여 주고, 우리는 충실한 군인의   20

본분을 다합시다.

시워드 때가 오고 있소이다.

우리가 무엇을 얻고, 무엇을 잃게 될지

판가름할 시간이.

추측에 머무는 생각은 불확실한 희망을 말할 뿐이지만,   25

확실한 결과는 싸워야지 알 터이니

그 목표를 향해, 다 함께 진격합시다.

(모두 진군하면서 퇴장.)

· 제5장 ·

맥베스, 세이튼, 북과 깃발을 든 병사들 등장.

맥베스 아군 깃발을 성벽 밖에 내걸어라.

여전히 "적군이 온다." 외치고 있구나. 우리 성의

위력은 포위를 비웃을 것이다. 거기 그대로 있게

내버려두어라. 기근과 열병이 놈들을 다 집어삼킬 때까지.

우리 편에 있어야 할 자들이   5

저놈들과 합세하지 않았다면

두려움 없이 얼굴을 맞대고 싸워

놈들을 물리치고 잉글랜드로 쫓아 버렸을 것을.

(안에서 여자들의 울음소리가 들린다.)

저게 무슨 소리냐?

세이튼 여자들이 우는 소리입니다, 폐하.　　　　　　　　(퇴장)　　10

맥베스 공포의 맛이 무엇인지 이제 거의 잊어버렸다.

한밤중 비명만 들어도 모든 감각이

얼어붙던 때도 있었고, 끔찍한 이야기에

온몸의 털이 살아 있는 양

곤두선 때도 있었거늘. 난 공포를 물리도록 먹어 치웠다.　　15

잔혹함도 살육에 길든 내 마음을

더는 놀라게 할 힘이 없다.

세이튼 등장.

그 울음소리는 무엇이었느냐?

세이튼 폐하, 왕비님께서 돌아가셨습니다.

맥베스 더 나중에 죽었어야 했는데.　　　　　　　　　　20

분명 그런 소식을 마주할 적절한 순간이 있었을 거야.

내일, 또 내일, 또 내일이

이 하찮은 걸음으로 하루하루

기록된 마지막 순간까지 기어가는구나.

우리의 모든 어제는 바보들이 한 줌의 흙으로   25

돌아갈 길을 비춰 준 것이었을 뿐. 잠깐 타오르는 촛불아!

인생이란 그저 걸어 다니는 그림자, 가련한 연극 배우.

무대에서 잠시 뽐내고 애태우다가

기억의 저편으로 사라져 버리는 것. 그것은 어리석은 자가

들려주는 이야기. 아무 의미도 없이   30

소음과 광기만 가득하구나.

전령 등장.

네 혀를 놀리려고 왔을 테니, 빨리 말하라.

전령 자비로우신 폐하.

제가 본 대로 보고드려야 하오나,

어떻게 전해야 할지 모르겠습니다.   35

맥베스 말해 보게.

전령 언덕에서 경계를 서다가

버남 숲 쪽을 바라보았는데, 갑자기

숲이 움직이는 것 같았습니다.

맥베스 거짓말, 이 비천한 놈아!   40

전령 사실이 아니라면, 진노를 달게 받겠습니다.

삼 마일 이내 지점에서 다가오는 걸 볼 수 있으실 겁니다.

움직이는 숲 말입니다.

맥베스 네 말이 거짓이면

굶어서 말라 죽을 때까지   45

널 가까운 나무에 매달아 놓을 테다. 네놈 말이 사실이면

내게 똑같은 짓을 해도 상관 안 하겠다. —

결의를 다지니 그 악마의

모호한 말이 의심되기 시작한다.

진실처럼 들렸던 거짓말. "버남 숲이 던시네인 언덕으로   50

다가오기 전까지는 두려워 말라." 그런데 지금

숲이 오고 있지 않은가. — 무장하고 출격하라! —

이놈이 주장하는 것이 진짜라면

우리는 도망칠 수도, 머물 수도 없다.

태양이 지겨워지기 시작한다.   55

지금이라도 우주가

무너져 내렸으면 좋겠다. —

경종을 울려라! — 바람아 불어라, 어둠이여 오너라!

난 적어도 무장을 하고 죽을 것이다.

(모두 퇴장.)

· 제6장 ·

드럼과 깃발. 맬컴, 시워드, 맥더프, 그리고

나뭇가지를 든 군대 등장.

맬컴 자, 이제 충분히 접근했다. 몸을 은폐한 나뭇가지는 버리고

본모습을 보이시오. ─ 존경하는 숙부님,

제 사촌인 훌륭한 아드님과

첫 전투를 이끌어 주십시오. 맥더프 장군과 과인은

저희 계획에 따라 남은 임무를   5

처리하겠습니다.

시워드 잘 가십시오.

오늘 밤 우리가 폭군의 병력을 찾아내고도

잘 싸우지 못한다면 패배라도 달게 받겠습니다.

맥더프 나팔을 불어라. 힘차게 울려라.   10

유혈과 죽음을 요란하게 알려라.

(모두 퇴장.

경종은 계속 울린다.)

144

· 제7장 ·

맥베스 등장.

맥베스 놈들이 날 말뚝에 붙들어 매었다. 이제 도망칠 수도 없으니

곰처럼* 죽기 살기로 싸워야만 한다. — 여자 뱃속에서

태어나지 않은 자가 누구더냐? 그놈 말고는

난 아무도 두렵지 않다.

시워드 청년 등장.

시워드 청년 네 이름은 무엇이냐?   5

맥베스 들으면 두려울 것이다.

시워드 청년 아니, 지옥의 어떤 이름보다

더 끔찍한 이름을 대도 난 까딱하지 않겠다.

맥베스 내 이름은 맥베스다.

시워드 청년 사탄조차 내 귀에 더 혐오스러운 이름을   10

---

* 곰처럼: 곰 싸움[Bear-baiting]은 중세 유럽에서 인기 있었던 오락으로, 곰을 말뚝에 묶고
여러 마리의 사냥개와 싸우게 하는 경기였다. 관중들은 이 대결에서 곰의 힘과 사냥개의
용기를 지켜보며 흥미를 느꼈으나, 경기의 잔인성으로 인해 이 오락은 점차 잔인하다는 이
유로 금지되었고, 19세기 중반에는 대부분의 유럽 국가에서 불법으로 규정되었다. 맥베스
가 자신을 '말뚝에 묶인 곰'으로 비유한 것은 전투의 치열함과 절박함을 나타내고자 한 것
이다.

들려주지 못할 것이다.

맥베스 아무렴, 더 두려운 이름도 못 들려줄 것이다.

시워드 청년 거짓말 마라, 이 혐오스러운 폭군아. 내 칼로

네 거짓을 증명해 주고 말 테다.

> (두 사람 싸운다. 시워드 청년이 살해된다.)

맥베스 너는 여자의 뱃속에서   15

태어났구나.

칼 따위는 내게 조롱거리일 뿐, 어떤 무기든 웃어넘길 수 있다.

여자의 뱃속에서 태어난 놈이 휘두르는 것에 불과하니까.

> (퇴장.)

경종, 맥더프 등장.

맥더프 저쪽이 소란스럽다. ― 이 폭군아, 네 낯을 보여라!

네놈이 죽어도 내 칼에 쓰러지지 않으면,   20

처자식의 망령이 평생 날 따라다닐 것이다.

난 돈벌이에 떠밀려 창을 쥔 불쌍한 병사들*을

공격하지 않을 것이다. 맥베스, 네놈이 아니라면

내 칼날은 날이 선 그대로 고스란히

---

* 돈벌이에 떠밀려 창을 쥔 불쌍한 병사들: 맥돈왈드가 반란에 끌어들였던 용병들을 맥베스 또한 고용한 것으로 이해된다.

칼집으로 돌아갈 것이다. 저기에 있는 것 같군.   25
소란스러운 걸 보니
큰 놈의 정체가 드러난 것 같다. 운명아, 그놈을 찾게 해 다오.
더는 간청하지 않겠다.

(퇴장. 경종.)

맬컴과 시워드 등장.

시워드 이쪽으로. — 성은 저항 없이 함락되었습니다.
폭군의 부하들은 두 편으로 나뉘어 싸우고,   30
영주들도 용감하게 싸우고 있습니다.
승리는 거의 왕자님의 것입니다.
이젠 더 할 일도 없는 것 같습니다.
맬컴 우리 편에서 공격하는
적군도 보았소.   35
시워드 자, 성안으로 들어갑시다.

(모두 퇴장. 경종.)

· 제8장 ·

맥베스 등장.

맥베스 내가 왜 로마의 얼간이* 흉내를 내면서

내 칼에 죽어야 해? 눈앞에 적이 살아 있으니

놈들의 피를 뽑게 해야지.

맥더프 등장.

맥더프 돌아서라, 지옥 개야!

맥베스 네놈만은 일부러 피해 왔었다.   5

물러가라. 내 영혼은 이미

네 피로 꽉 차 있다.

맥더프 말은 필요 없다.

내 목소리는 이 칼에 담겼으니. 입에 담기조차

역겨운 잔혹한 살인마야!   10

(싸운다. 경종.)

맥베스 헛수고 마라.

날카로운 네 칼날로 허공에 상처를 남기는 것이

내 피를 보는 것보다 더 쉬울 거다.

그 칼로는 베기 쉬운 머리를 내려쳐라.

나는 마법으로 보호받는 몸이니, 절대 굴복하지 않아,   15

---

* 로마의 얼간이: 로마 제국의 전통에 따라 적에게 항복하기보다 명예를 지키기 위해 자결을 선택한 브루투스, 카토스 등을 의미한다. 맥베스는 이를 어리석은 행동으로 비유하며, 스스로 죽음을 선택하는 대신, 끝까지 싸우겠다는 결의를 다지고 있다.

여자의 뱃속에서 태어난 자에게는.

맥더프 마법 같은 건 포기해라.

네가 늘 받들어 온 정령에게 물어봐.

맥더프는 달이 차기 전에

제 어미의 아기집을 찢고 나온 자다.*   20

맥베스 그 말을 지껄이는 네 혀에 저주 내려라.

그 말 한마디에 내 남자다운 기백이 꺾였다!

교활한 마귀들의 말을 더는 믿지 않겠다.

이중적인 의미로 우리를 속이고,

귀에는 달콤한 약속을 속삭이면서도, 희망을 품으면   25

그 약속을 깨 버리는 자들. 너와는 싸우지 않겠다.

맥더프 그럼, 항복해라, 비겁한 놈.

살아남아 세상의 구경거리가 되어라.

우리는 너를 희귀한 괴물처럼

장대에 매달고   30

"이 폭군을 보시오." 이렇게 써 두겠다.

맥베스 항복하지 않겠다.

애송이 맬컴의 발아래 땅에 입맞추는 일 없을 것이며,

왁자한 군중의 저주에 조롱당하지 않을 것이다.

---

* 맥더프는 달이 차기 전에 제 어미의 아기집을 찢고 나온 자: 제왕절개로 출생한 맥더프
는 전통적인 의미에서 '여자의 뱃속에서 태어난 것'이 아니라고 간주하였고, 이는 맥베스의
마녀 예언을 무력화하는 중요한 요소로 작용한다.

버남 숲이 던시네인 언덕으로 오고,   35

여자가 낳지 않은 네놈과 맞서야 하더라도,

난 마지막까지 싸우겠다. 내 몸 앞에

이 전사의 방패를 던져 버리겠다.* 덤벼라, 맥더프.

먼저 "멈춰!"라고 외치는 놈은 지옥에 떨어질 것이다.

(싸우며 모두 퇴장. 경종.)

맥베스와 맥더프가 싸우며 다시 등장하고 맥베스는 살해된다.

맥더프가 그의 시신을 들고 퇴장한다.

퇴각. 요란한 나팔. 북과 깃발과 함께 맬컴, 시워드, 로스,

영주들과 병사들 등장.

맬컴 보이지 않는 아군들이 무사히 돌아와 주기를 바랄 뿐이오.   40

시워드 일부는 희생되었겠지만, 이렇게 보니 이 정도의 대승을

큰 대가 없이 이룬 것이라 할 수 있겠습니다.

맬컴 맥더프가 보이지 않습니다. 그리고 아드님도.

로스 아드님께서는 무인의 의무를 다하였습니다.

성년이 되기까지 짧은 생을 살았지만,   45

---

* 방패를 던져 버리겠다: 맥베스가 방패를 던지는 행위는 방어를 포기하고 마지막까지 싸
우겠다는 결단과 결의를 상징한다. 방패는 보통 방어 수단이므로, 이를 던진다는 것은 더는
방어하지 않고 운명과 정면으로 맞서 싸우겠다는 극단적인 결심을 나타낸다. 이는 전통적
으로 결투나 전투의 시작을 알리는 의식적인 행동으로도 해석될 수 있다.

한 치의 물러섬 없이 결연히 싸운 자리에서

용감무쌍한 무용을 입증하자마자

남자답게 전사하였습니다.

시워드 죽었단 말인가?

로스 예, 유해는 전장에서 옮겨 놓았습니다. 장군의 슬픔은   50

아드님의 훌륭한 가치로 헤아려서는 안 됩니다.

그렇게 되면 슬픔이 끝없이 이어질 테니까요.

시워드 상처는 앞쪽에 있었소?

로스 예, 이마에.

시워드 그렇다면, 하느님의 병사로구나!   55

내게 머리카락만큼이나 많은 아들이 있다 해도

그보다 더 고귀한 죽음을 바랄 수는 없었을 것이오.

이제, 아들의 조종은 울렸소.

맬컴 아니, 그것만으로는 부족하오. 이 몸이 더 많은 슬픔을

아낌없이 쏟아붓겠소.   60

시워드 이것으로 충분합니다.

훌륭하게 잘 떠났고 군인의 의무를 다했다고 하니

신의 가호 있기를!

새로운 위안이 다가오는군요.

맥더프, 맥베스의 머리를 들고 등장.

맥더프 국왕 만세! 이제 왕이 되셨습니다. 보십시오,   65

  왕위 찬탈자의 저주받은 머리를. 자유로운 시대가 왔습니다.

  폐하를 둘러싼 왕국의 보배들이

  제 마음속에서 폐하께 인사를 전하고 있습니다.

  그분들의 목소리를 제가 소리높이 외치겠습니다.

  스코틀랜드 왕, 만세!   70

모두 스코틀랜드 왕, 만세!

  (요란한 나팔.)

맬컴 과인은 긴 시간을 낭비하지 않고

  여러분 각자의 충성을 헤아려

  공정한 보답을 할 것입니다. 영주들과

  친족 여러분, 이제부터 여러분은   75

  백작이 되시오. 이는 스코틀랜드 왕이 주는

  최초의 영예가 될 것입니다. 이에 그치지 않고

  새로운 시대에 발맞춰 새롭게 확립해야 할 일들이 있소.

  빈틈없는 폭군의 교묘한 덫을 피해 외국에서 망명 중인

  동지들을 고국으로 불러들이고,   80

  이 죽은 도살자와 (난폭한 손으로

  스스로 목숨을 끊었다고 생각되는)

  악마 같은 왕비의 잔혹한 앞잡이들을

  밝혀내는 것이오. 이 밖에도 과인에게 요구되는

  필요한 모든 일을 하느님의 은총으로   85

적당하게 시간, 장소를 가려 곧 처리할 것이오.

여러분 모두에게, 한 분 한 분께 감사드리며

스쿤에서 열리는 대관식에서 함께해 주시기를 바랍니다.

(요란한 나팔. 모두 퇴장.)

작가 연보

1564년 잉글랜드 중부 스트랫퍼드어폰에이번에서, 아버지 존 셰익스피어와 어머니 메리 아든 사이에서 장남으로 태어나다. 4월 26일에 유아세례를 받다.

1582년 여덟 살 연상의 앤 하사웨이와 결혼하다.

1583년 맏딸 수자나를 보다.

1585년 쌍둥이 남매, 아들 햄닛과 딸 쥬디스를 보다.

1590년 3부작 〈헨리 6세〉를 집필하다.

1594년 궁내 대신 소속의 로드 챔벌린 극단의 주주가 되다. 시 〈비너스와 아도니스〉와 〈루크리스의 능욕〉을 출판하다. 희극 〈사랑의 헛수고〉와 〈베로나의 두 신사〉를, 비극 〈로미오와 줄리엣〉을 집필하다.

1595년 〈리처드 2세〉, 〈한여름 밤의 꿈〉을 집필하다.

1596년 〈베니스의 상인〉, 〈존 왕〉을 집필하다.

1598년 〈헨리 5세〉, 희극 〈헛소동〉을 집필하다.

1599년 〈십이야〉, 〈줄리어스 시저〉를 집필하다.

1600년 〈햄릿〉, 〈윈저의 즐거운 아낙네〉를 집필하다.

1601년 아버지 존 셰익스피어가 사망하다.

1603년   〈햄릿〉의 첫 상연을 하다.

1605년   〈오셀로〉, 〈리어 왕〉, 〈맥베스〉를 집필하다.

1608년   어머니 메리 아든이 사망하다.

1610년   런던에서 고향 스트랫퍼드어폰에이번으로 돌아오다. 〈겨울 이야기〉를
         집필하다.

1611년   〈폭풍우〉를 집필하다.

1616년   4월 23일, 스트랫퍼드어폰에이번에서 생을 마감하다.

맥베스

초판 1쇄 인쇄 2024년 12월 9일
초판 1쇄 발행 2024년 12월 16일

지은이 윌리엄 셰익스피어
옮긴이 이현숙
펴낸이 이효원
편집인 노현주
마케팅 추미경
디자인 이용석(표지), 이수정(본문)
펴낸곳 올리버
출판등록 제395-2022-000125호
주소 경기도 고양시 덕양구 삼송로 222, 101동 305호(삼송동, 현대헤리엇)
전화 070-8279-7311   **팩스** 02-6008-0834
전자우편 tcbook@naver.com

ISBN 979-11-94381-10-5 03800

올리버 세계교양전집 목록